Une journée en enfer

J'AI LU

Un roman de
Deborah Chiel
d'après un scénario de
Jonathan Hensleigh

Une journée d'enfer

Traduit de l'américain
par Isabelle St. Martin

Éditions J'ai lu

Pour Marci Knight, Sarah, Sean et Jra Udow

Titre original :

DIE HARD WITH A VENGEANCE

1

A l'aube, un resplendissant soleil orange se leva sur New York. Il s'attarda quelques instants au point où l'horizon rencontre l'East River, projetant une lueur brillante sur l'eau qui séparait Manhattan des faubourgs du Queens et de Brooklyn. Pendant la nuit, la température n'était pas tombée au-dessous de vingt-sept degrés et il n'y avait guère qu'une maigre brise aux relents de poisson et d'océan pour rafraîchir l'atmosphère. Trois mouettes plongeaient tour à tour sous la surface ondulante, pour bientôt reparaître en piaillant vers le ciel tandis que des rayons éblouissants perçaient les travées du pont de Brooklyn.

Lentement, la grande ville s'éveillait. Venue d'Inwood et des Washington Heights, au nord de l'île, une grande partie de la population descendait directement au sud vers l'étroit corridor de Wall Street, bâillant et s'étirant à qui mieux mieux. Dans les quartiers résidentiels, les joggeurs tentaient d'oublier la chaleur mais ne pouvaient s'empêcher de transpirer tout en parcourant la piste qui entourait le réservoir de Central Park. Dans l'Upper West Side, le long de Broadway, les épiciers coréens disposaient leurs étalages de fleurs et de fruits. Des camions de livraison jetaient des paquets de *New York Times* devant les kiosques afin de pourvoir les citadins affamés de leur dose quotidienne de politique, de culture, de sports et de drames.

En pleine ville, les banlieusards descendaient de leurs métros et s'arrêtaient, le temps de prendre un café et un beignet, chez un quelconque marchand ambulant de Lexington ou de la Troisième Avenue, à l'est, de la Sixième ou de la Septième Avenue à l'ouest. Des commerçants hassidiques barbus, revêtus de leur tenue traditionnelle, chapeaux à large bord et longs manteaux noirs, se saluaient en yiddish tout en se pressant vers leurs boutiques, au cœur du quartier des diamantaires de la 47e Rue. Vers le sud, c'étaient les avocats et les agents de change, sanglés dans un uniforme tout aussi caractéristique, costume trois-pièces rayé, cravate et bretelles, qui se hâtaient vers leurs bureaux climatisés.

L'été à New York. L'humidité se tapit entre les tours, l'air se charge de poussière poisseuse qui vous colle aux mains, aux joues, au front comme une deuxième peau. Les rues deviennent brûlantes comme des fours, le taux de criminalité monte en flèche. La chaleur rend fous les gens normaux et pousse les fous aux pires extrémités.

Il était encore un peu tôt, cependant, pour que les touristes répandent déjà leurs hordes à travers la ville, à l'exception des plus zélés, bardés de leurs appareils photo et de leurs guides. La circulation sur la Cinquième Avenue commençait tout juste à s'engorger. Les chalands s'acheminaient vers Bloomingdale's, Macy's, Saks et autres grands magasins.

L'un des établissements les plus prestigieux, Bonwit Teller, s'attirait des visiteurs du monde entier dont beaucoup ne venaient que pour le coup d'œil. Depuis des dizaines d'années, cet élégant immeuble de brique dominait l'angle de la 57e Rue et de la Cinquième Avenue. Il n'était pas encore ouvert à la clientèle lorsque survint l'explosion, d'une terrifiante violence.

Tout le bâtiment sursauta avant de s'effondrer sur lui-même comme subitement frappé par une tornade qui n'aurait achoppé que sur ce seul endroit. La terre trembla sous la force de l'impact, le trottoir se plissa, des éclats de verre et de brique jaillirent dans tous les sens. Un nuage de poussière et de fumée s'éleva dans l'air avant de se répandre sur les rues adjacentes.

Au quartier général de la police, la relève venait à peine d'avoir lieu lorsque la nouvelle crépita sur le standard. Les premiers policiers arrivés sur place avaient conclu, devant la puissance de l'explosion autant que l'étendue des dommages, qu'il s'agissait d'une bombe. « En miettes », ce fut ainsi que l'un d'eux décrivit les restes de l'immeuble dans son rapport. Si l'explosion avait eu lieu une demi-heure plus tard, on aurait ramassé des centaines de piétons blessés ou tués.

Une équipe d'employés du gaz se précipitait déjà sur les lieux, pour s'assurer qu'il ne s'agissait pas d'une fuite. Il faudrait les efforts combinés de tous les enquêteurs pour déterminer la cause exacte de cette déflagration mais, pour le moment, la police s'en tenait à sa théorie d'une bombe.

Dans la salle d'interrogatoire du commissariat, l'inspecteur en chef, Walter Cobb, aboya ses ordres. Ses subordonnés vérifiaient leurs armes, prenaient vestes et calepins, avalaient une dernière gorgée de café avant de se rendre sur les lieux.

Personne n'avait encore revendiqué l'attentat, si bien que la voie restait ouverte à toutes les hypothèses. L'explosion du World Trade Center restait dans tous les esprits, seulement il n'y avait pas que les terroristes pour savoir jouer de la dynamite. A tout moment, des malades se promenaient en toute liberté dans New York ; n'importe quel énergumène capable de brancher deux fils à un réveil pouvait avoir provoqué la catastrophe du Bonwit.

Ricky Walsh, nouvelle recrue à la face poupine, posa la question qui trottait dans tous les esprits :

— Bonwit ? Qui pourrait vouloir faire sauter le Bonwit ?

— Peut-être une bonne femme qui aurait manqué les soldes ! suggéra Joe Lambert.

Il avait le chic pour cacher sa vive intelligence derrière les blagues les plus éculées.

Connie Kowalski, qui se décrivait elle-même comme « une petite nana culottée de Brooklyn », partit d'un rire méprisant mais n'eut pas le temps de répondre car la secrétaire lançait à la cantonade :

— Walter ! Téléphone !

Sans répondre, son patron continua de distribuer ses ordres :

— Alan ! Vous expédiez vos communiqués : déminage, services secrets, police de l'Etat, FBI. Jackson et Parma, allez vérifier aux urgences de l'hôpital Saint John s'ils ont des admissions. Cramer, prenez contact avec les bureaux du génie civil municipal, voyez avec eux s'il y a des dégâts dans le voisinage, s'il faut faire évacuer le quartier. Donovan, vous assurez la liaison avec la mairie. Connie, trouvez-nous des témoins. Ricky et Joe, vérifiez que les agents ont bouclé le coin dans un rayon de trois pâtés de maisons. Et virez-moi toutes les équipes de télé !

Il fit la grimace à la seule idée de la panique qui s'ensuivrait si l'image du Bonwit en miettes apparaissait sur tous les petits écrans de la ville. Mais c'était une bataille perdue d'avance : une explosion en pleine ville constituait une information de première importance, de quoi interrompre les émissions en cours pour une édition spéciale avec reporters sur place et tout le tremblement. Tout au plus pouvait-il espérer gagner quelques heures, le temps de glaner assez de réponses pour éviter l'affolement général.

En relevant la tête, il aperçut sa secrétaire qui lui faisait de grands signes à la porte.

— Pas maintenant ! cria-t-il.

Puis il reprit à l'adresse de ceux qui n'avaient pas encore de mission :

— Benson ! Vous vous chargez de la circulation. Si on n'a pas rouvert la Sixième Avenue pour quinze heures, on aura droit au foutoir des heures d'affluence.

Jane se précipita vers lui :

— Walter ! C'est le type qui a mis la bombe au Bonwit Teller !

Elle désignait le téléphone mais, avec la confusion qui régnait dans la pièce, ses mots n'atteignirent pas immédiatement le cerveau de son patron. Finalement, celui-ci se précipita dans son bureau et décrocha en catastrophe.

— Equipe des urgences. Cobb ! cria-t-il dans le récepteur.

A l'autre bout du fil, la voix qui lui répondit était fraîche et acide comme un vin blanc trop sec. Cobb ne parvint pas à mettre un visage dessus. Jusqu'au message qui sonnait bizarrement faux :

« Jacques Bonhomme croise un mitron
« Qui se rend au marché... »

Cobb cherchait désespérément l'origine exacte de cet accent européen.

« Jacques Bonhomme dit au mitron :
« — Donne-moi tes gâteaux
Ou je te casse la tronche. »

Un court silence s'ensuivit, comme si son correspondant guettait la réaction de Cobb à cette chute inattendue.

Celui-ci croyait avoir tout vu, tout entendu, pourtant c'était la première fois qu'on lui chantait une berceuse. Retenant son souffle, il attendait la suite ; pourvu que ce malade ne raccroche pas sans lui avoir balancé un début d'information. Il y en avait qui étaient assez dingues pour vouloir tout dire tout de suite, d'autres, au contraire, qui se complaisaient à taquiner, aiguillonner... Sans compter les fêlés qui prenaient leur pied en s'accusant des crimes des autres. En général, Cobb déduisait, à leur seule intonation, dans quelle catégorie ranger ses interlocuteurs. Cette fois, pourtant, l'accent le déroutait.

— Il travaille chez vous, l'inspecteur McClane ?

C'était bien la dernière question à laquelle s'attendait Cobb. McClane ? Qu'est-ce que ce type pouvait vouloir à Johnny ? S'il s'agissait d'un de ses amis, ils n'étaient pas sortis de l'auberge.

— Il est suspendu, lâcha-t-il sèchement.

— Non, Walter, rétorqua tout aussi sèchement la voix à l'accent européen. Pas aujourd'hui.

L'affaire ne s'arrangeait pas du tout.

— Qui est à l'appareil ? demanda Cobb.

— Disons Jack, répondit la voix. Le Bonwit Teller, c'était juste un apéritif.

Sans doute un terroriste. En tout cas un cinglé. Cobb sentit son estomac se crisper, prélude à une méchante crise d'ulcère. Plongeant la main dans sa poche à la recherche d'une pastille, il reprit :

— Qu'est-ce que vous voulez ?

— Jouer à un jeu.

Déjà, gamin, Cobb n'aimait pas beaucoup les jeux ; ça ne s'était pas arrangé avec l'âge, surtout quand le jeu en question supposait la destruction de bâtiments hors de prix et la manipulation d'explosifs mortels.

— Lequel ? insista-t-il sur ses gardes.

— *Jacques a dit.*

Le soi-disant Jack parlait d'un ton lugubre qui n'évoquait en rien un plaisantin. Cobb fouillait sa mémoire à la recherche du moindre souvenir susceptible de relier cet accent ou ce timbre à d'autres explosions. Bredouille, il songea soudain à McClane et reprit l'exercice. Son estomac lui faisait de plus en plus mal, comme chaque fois qu'il pensait à John McClane.

— Dans les heures qui vont suivre, poursuivait l'autre au bout du fil, Jack va dire à l'inspecteur McClane ce qu'il faut faire et l'inspecteur McClane le fera. Toute incartade entraînera une pénalisation.

— C'est-à-dire ?

— Cinq kilos d'explosif dans un passage très fréquenté.

Cobb déglutit. Depuis le temps qu'il était dans la police, il avait appris à distinguer les menaces sérieuses des paroles en l'air. Jack était peut-être un malade mais il avait la tête sur les épaules. Il ne racontait pas n'importe quoi ; Cobb en aurait parié sa plaque de flic.

Couvrant le récepteur d'une main, il cria vers la pièce voisine :

— Lambert ! Kowalski ! Vous savez où est McClane ?

Lambert haussa les épaules.

— Toujours pas à l'église.

Cobb s'amusait souvent des sorties de Lambert. Toute la journée confiné dans son commissariat, cela lui changeait les idées. Pourtant, cette fois, il n'était pas d'humeur à les apprécier. M. Jack Bonhomme n'avait pas l'air de vouloir plaisanter et cinq kilos d'explosif en pleine foule, ça faisait beaucoup pour un seul chef.

— Trouvez-le-moi, où qu'il se terre ! aboya-t-il. Et prenez Walsh avec vous.

— Hé ! protesta Connie Kowalski. Et le Bonwit, alors ?

Cobb la fusilla du regard. C'était une bonne fliquette, aussi intelligente et audacieuse que n'importe lequel de ses collègues mais elle avait vraiment la langue trop bien pendue.

— Pas de commentaire, Connie. Filez !

Il dut prendre une longue inspiration pour se calmer puis reprit la communication.

— Qu'est-ce que vous lui voulez, à McClane ?

— Jack a dit que l'inspecteur McClane se rendra au carrefour de la 138e Rue et d'Amsterdam Avenue. C'est en plein Harlem, si je ne me trompe.

Cobb soupira en se demandant pourquoi, sur les trente et un mille flics de la ville, il fallait que ce Jack ait choisi John McClane pour faire ses courses. McClane... qui n'obéissait aux ordres que lorsque ça lui chantait, n'aimait rien tant qu'outrepasser ses prérogatives, s'attirait des ennuis à la pelle. Et juste au moment où il se trouvait à deux doigts de se faire éjecter de la police...

Johnny était un cas, dans son genre. Un flic pur et dur, de la vieille école, de ceux qui disaient : « Tire d'abord, pose des questions ensuite. » C'était aussi l'homme le plus intrépide que Cobb ait jamais connu, ce qui ne représentait pas forcément un avantage. Tout le monde, à commencer par les flics, devait connaître le goût âcre de la peur pour apprendre à se protéger dans les situations où un rien de circonspection faisait toute la différence entre la retraite au bout de vingt ans et une médaille posthume.

Tandis que McClane semblait ne s'épanouir que dans la fièvre du danger, comme s'il se droguait à la calamité et ne se sentait vivre qu'à l'instant même où il risquait sa vie. Alors, comme tout drogué, quand il retombait sur terre, il devenait insupportable et menait une vie impossible.

Cette dérive avait commencé lorsque sa femme s'était vu proposer un poste à Los Angeles où il lui avait fallu déménager avec les enfants. John était allé la voir pour Noël, le premier qu'ils n'avaient pas préparé ensemble, et il avait failli se tuer en voulant la défendre contre les terroristes qui avaient investi le gratte-ciel où elle travaillait. Il avait sauvé tellement de vies, ce jour-là, qu'on l'avait fêté comme un héros, célébré dans *People*, interviewé dans *Nightline*. Cobb sourit au souvenir du malheureux Ted Kopel s'efforçant tant bien que mal de lui arracher une réponse.

Il se demanda si Lambert songerait à lui préparer du café. Car il aurait parié sa tête que John était soit en train de soigner sa gueule de bois de la veille soit en train d'amorcer la suivante. Il avait eu droit à son troisième et dernier avertissement : désormais, s'il touchait encore à la boisson, il pourrait rendre son arme et sa plaque.

Un alcoolo, un dingue et cinq kilos d'explosif... Et si Cobb suivait le conseil de sa femme de prendre sa retraite ? Son tube digestif le brûlait jusqu'à la gorge. Il ouvrit son tiroir, prit un tube et avala trois comprimés antiacides. La journée commençait bien !

Lambert frappa à l'appartement de McClane, quatre coups brefs auxquels ne répondit que le silence. Il recommença, plus fort. Et plus fort encore. Toujours rien. Connie Kowalski prit sa place et heurta la porte à grands coups de poing. De quoi réveiller un mort. Walsh allait s'y mettre quand sa collègue l'arrêta d'un mouvement de la tête. Même si McClane était chez lui, il ne voulait, à l'évidence, voir personne. Ils perdaient leur temps s'ils espéraient qu'il allait leur ouvrir.

Elle recula de quelques pas, fit signe à Walsh et à Lambert de venir la rejoindre et tous trois foncèrent ensemble pour attaquer d'un même coup d'épaule le lourd panneau de bois. Ils laissèrent échapper en chœur un grognement de douleur mais leur objectif venait de céder sous l'impact et, entraînés par leur poids, ils faillirent atterrir à quatre pattes dans le living de McClane.

Connie était déjà venue ici. Si l'endroit n'avait rien de luxueux, elle ne s'attendait pourtant pas au capharnaüm qui les accueillit. Leur collègue s'était installé dans cet appartement après le départ de Holly et n'y avait apporté que le strict nécessaire, tout juste digne d'un célibataire : canapé mité, maculé de brûlures de cigarettes, table basse et branlante, couverte de cendriers pleins, de boîtes de bière cabossées et de cartons de pizzas entamées. Pour tous rideaux, des draps pendaient aux fenêtres et le sol était jonché de chaussettes, de caleçons et autres vêtements sales.

Une chemise servait d'abat-jour à la seule lampe de la pièce et un pantalon cachait à demi l'écran de la télévision allumée qui diffusait un reportage sur l'attentat. Sa lumière tremblotante éclairait l'appartement plongé dans l'obscurité, dont la fenêtre ouverte donnait sur un immeuble jumeau.

Connie Kowalski regarda l'élégante journaliste en train de désigner l'énorme tas de pierres derrière elle, tout ce qui restait du Bonwit. Le chef allait être furieux, lui qui avait voulu tenir la télévision à l'écart; maintenant, tout New York se trouvait aux premières loges pour profiter du spectacle. Ce serait bientôt la foire d'empoigne, au commissariat, tout ça parce que quelqu'un ne faisait pas son boulot. Il n'en devenait que plus urgent de ramener McClane au plus vite.

Walsh se pinça le nez.

— Ça vous dit quelque chose, cette odeur ? demanda-t-il.

— Ouais, dit Lambert, on se croirait à la morgue.

Il exagérait à peine. Malgré la chaleur, la fenêtre n'était qu'entrouverte et cela empestait la cendre froide, l'alcool éventé, les ordures vieilles d'une semaine. Connie se pencha machinalement pour ramasser une boîte de lait couchée sur le côté mais se ravisa quand lui parvint aux narines une odeur aigrelette ; c'est alors qu'elle aperçut McClane qui bâillait sur le seuil de sa chambre.

— Salut, les gars ! lança-t-il en allumant une cigarette.

Il ne paraissait pas surpris le moins du monde de les voir ainsi débouler chez lui, comme s'il avait l'habitude qu'on enfonce sa porte tous les matins. Son caleçon et son T-shirt étriqué laissaient entrevoir une constitution que le régime alcool-cigarettes-pizzas n'avait pas trop altérée. Mais ses cheveux courts, encore emmêlés par le sommeil, commençaient à grisonner aux tempes et ses yeux étaient injectés de sang.

Connie le dévisageait d'un air navré.

— John ! Ce n'est pas vrai !

Comment un si bon flic pouvait-il à ce point se laisser aller ?

McClane tenait une telle biture que Walsh et Lambert durent le traîner sous la douche, l'habiller et à moitié le porter jusqu'à la voiture. Ils le firent asseoir à l'arrière et ce fut Walsh, le plus jeune de l'équipe, qui se vit chargé de le tenir à peu près éveillé, le temps d'arriver au commissariat.

Cobb les avait priés d'annoncer leur arrivée par

radio si bien que, lorsqu'ils débarquèrent, ils purent constater que le combi les attendait déjà devant l'entrée. Il ne s'agissait pas de se laisser démonter par les initiatives de Jack, quel que soit le jeu auquel il comptait jouer. Cobb n'aimait pas du tout envoyer un de ses inspecteurs servir ainsi d'appât mais il ne pouvait tout de même pas attendre placidement que cinq kilos d'explosif lui sautent à la figure. Pour le moment, il n'avait pas le choix.

Son inquiétude grandissait à mesure qu'ils approchaient de Harlem. McClane... quel âge cela lui faisait-il, maintenant? Pas loin de quarante ans, sans doute. Autrement dit, ils se connaissaient depuis une bonne vingtaine d'années. L'animal était encore présentable malgré les rides qui accusaient une vie mouvementée. Pourtant, il paraissait fatigué, abattu par une sorte de lassitude qui devait le tenir aux tripes. Il faudrait autre chose qu'une bonne nuit de sommeil pour l'en guérir.

Les yeux fermés, il avait appuyé la tête sur le côté. A chaque irrégularité de la chaussée, elle roulait en arrière, heurtant la paroi du fond, mais McClane n'en avait cure.

— John! marmonna Cobb. Tu as vu dans quel état tu es?

Ce dernier entrouvrit des yeux rouges et gonflés.

— Que veux-tu que j'y fasse, Walter? Ça t'irait mieux si je me coiffais?

Il fit un signe à Connie qui lui tendit une grande tasse de café noir. Lambert lui passa un tube d'aspirine dont elle sortit quatre comprimés.

— Encore, dit McClane.

Connie en ajouta deux qu'elle lui déposa dans la paume de la main. D'un mouvement du menton, il lui en demanda davantage; elle hésita puis en sortit deux autres.

A ce seul spectacle, Cobb crut sentir une brûlure

lui tordre l'estomac. Huit comprimés d'aspirine d'un coup, le tout noyé dans du café! Par quel miracle John n'avait-il pas encore d'ulcère hémorragique? Pas possible, il possédait des entrailles d'acier inoxydable!

Cobb se retourna vers Walsh.

— Finissez-moi ce listing.

— Trois meurtres à Red Hook en quarante-huit heures.

Jack pouvait leur mitonner ce qu'il voulait, la routine n'en continuait pas moins. La zone de Red Hook, dans les faubourgs du nord de Brooklyn, devenait particulièrement agitée depuis quelques années. Un directeur d'école aimé de tous venait de succomber parce qu'il avait pris une balle perdue en plein règlement de comptes entre dealers. Les habitants du quartier demandaient un renforcement des interventions policières afin de faire cesser cette violence gratuite. Cobb aurait parié que tous ces meurtres étaient liés à la drogue mais l'étaient-ils entre eux?

— Mettez Miner dessus. Et Genetti. Le bureau du maire va certainement téléphoner avant ce soir.

Ce dernier s'était fait élire sur la promesse de remettre de l'ordre dans la ville et il comptait s'y tenir. A cet effet, il avait nommé un substitut qui exigeait des résultats immédiats. Les deux hommes partageaient la même passion pour les statistiques et celles-ci devaient prouver qu'ils allaient remporter leur lutte contre le crime. Autrement dit, ces derniers meurtres risquaient de jeter de l'ombre au tableau, tant pour le commissariat que pour la municipalité.

— Ensuite, dit Walsh en prenant des notes sur son listing, quatorze camions-bennes volés à Staten Island.

Il releva la tête.

— Quatorze? On dirait que quelqu'un se lance dans le bâtiment...

— C'est la logeuse de John qui veut faire nettoyer son appartement, lança Lambert, pince-sans-rire.

Connie et Walsh s'esclaffèrent ; Cobb daigna sourire.

— Escroquerie à l'assurance, dit McClane en se massant les tempes.

Tous les regards se portèrent sur lui. Même dans son état, il prenait encore une longueur d'avance sur eux.

Il ouvrit les yeux, alluma une cigarette.

— A l'heure qu'il est, les camions sont en Californie et leur propriétaire se fait grassement indemniser. Il partagera avec les voleurs. Ça fait des années qu'ils sévissent dans le New Jersey.

Cobb soupira. John McClane était le meilleur policier avec lequel il ait jamais travaillé. Un ordinateur doté d'une mémoire d'éléphant et d'une main très sûre au tir. Un cabochard solitaire qui n'en faisait qu'à sa tête. Un ivrogne, désormais, et bientôt un flic à la retraite.

— Voyez si Kelly peut s'en charger, ordonna Cobb à Walsh.

Celui-ci nota le nom de Kelly près du rapport et rangea le listing dans sa poche. Un lourd silence tomba dans le combi tandis que les inspecteurs se concentraient sur McClane et son rendez-vous avec leur mystérieux correspondant.

— Il fait chaud, là-dedans ? demanda John. Ou c'est moi qui sue de peur ?

C'était sa façon d'égayer l'atmosphère.

Connie Kowalski fut la première à comprendre qu'il plaisantait et se mit à rire nerveusement. Cobb soupira de nouveau, regrettant de voir ainsi gaspillés tant de qualités et d'entraînement.

— Quelqu'un a les numéros du loto d'hier soir ? demanda McClane avec un fin sourire.

— Quatre, quatre, six, sept, répondirent-ils en chœur.

Apparemment, tout le monde avait joué et perdu ; obligés une fois de plus de tirer un trait sur les espérances propres à leur faire oublier à jamais leurs soucis financiers.

— Tu joues toujours le numéro de ta plaque, Ricky ? demanda McClane.

Walsh secoua la tête d'un air penaud.

— Six, neuf, un, un, toutes les semaines.

— Six, neuf, un, un, toutes les semaines, répéta McClane.

Il partit d'un rire sans joie en commentant :

— Merde ! La moitié des flics de New York jouent le numéro de leur plaque !

— Comment vont les gamins ? s'enquit Cobb pour changer de sujet.

— Bien, à ce qu'il paraît, ricana John.

Cobb était navré pour lui. Ce devait être dur de se trouver à des milliers de kilomètres de ses gosses. De beaux enfants, un petit garçon et une fille, s'il s'en souvenait bien, qui n'étaient peut-être plus si petits que ça, d'ailleurs. Les enfants avaient le chic pour grandir vite, surtout quand on ne les voyait qu'une ou deux fois par an.

Le conducteur négocia un violent virage sur la gauche.

— On arrive ! lança-t-il.

— Tu es sûr de ton arme ? demanda Cobb.

McClane enleva son T-shirt et glissa la main dans son dos pour vérifier la position du pistolet plaqué contre sa peau.

— Elle me fait comme une excroissance du côté des reins, dit-il en baissant son pantalon.

Il décocha un clin d'œil à Connie.

— Tu es la première femme depuis Holly qui m'ait vu faire ça.

— Tu m'en vois flattée, rétorqua-t-elle sèchement.

— Comme elle... au début.

Cobb se renfrogna. Il aurait préféré ne pas aborder la question en ce moment, alors que la tension était déjà à son comble, mais il ne voulait pas que McClane coure de risques stupides ni qu'il profite de cette mission providentielle pour se supprimer. Finalement, le moment semblait bien choisi pour lui rappeler qu'il faisait toujours partie de la police, qu'il avait autant de responsabilités envers ses collègues qu'envers lui-même.

— John, commença-t-il gravement, ne te lance pas dans cette histoire si tu penses trop à Holly. Je ne pourrai pas te couvrir à l'audience.

McClane ne l'écoutait pas.

— Tu retournes dans la 125ᵉ Rue ? demanda-t-il au conducteur.

— Il ne veut pas voir un flic dans les parages, expliqua Cobb.

De nouveau, il se prit à guetter le moindre signe de la part de McClane, propre à lui laisser espérer que celui-ci n'allait pas jouer les kamikazes, qu'il comprenait quels dangers il allait affronter.

Comme pour répondre à ces inquiétudes informulées, celui-ci lança soudain :

— Ça veut dire quoi, ce micmac, Walter ? Et pourquoi moi, d'abord ?

Voilà des heures que Cobb se posait les mêmes questions. Très exactement depuis que Jack avait téléphoné. Il avait cru que McClane saurait lui donner une réponse, ne serait-ce qu'un début de théorie.

— Je n'en ai aucune idée, répondit-il à regret. Il a parlé de toi, c'est tout.

— Ça fait du bien de se sentir indispensable, marmonna McClane.

Ce ton désinvolte acheva de déconcerter Cobb qui en avait par-dessus la tête de prendre constamment sa défense devant leurs supérieurs.

— Franchement, John, on ne peut pas dire que tu te sois rendu très utile depuis que Holly et toi...

— Ça va comme ça, Walter! coupa McClane. Entre toi, elle et ce clown de Jack... Vous me gâchez ma gueule de bois, tous les trois.

Tout à coup, il ouvrit la portière arrière et descendit dans la rue, en caleçon, chaussettes et chaussures noires.

Cobb regarda autour de lui, cherchant un signe qui trahisse la présence de Jack dans les parages. Pourquoi avait-il choisi Harlem, d'abord? Pourquoi cette rue en particulier, l'une des plus sinistres du quartier? Bordée de murs décrépis, d'un bar lugubre, d'une laverie miteuse, d'un atelier de réparation d'appareils électroménagers et d'une petite épicerie. La carcasse de ce qui avait été une voiture stationnait devant la laverie, le capot ouvert sur un moteur dont il manquait la moitié des pièces. Les pneus avaient été lacérés, les vitres brisées et ce qui restait de la carrosserie était maculé de graffitis.

A l'étage, un store se souleva brusquement. Cobb scruta l'ombre, à la recherche d'une paire d'yeux, guettant la lueur d'une arme dans le soleil, le visage de son interlocuteur. Un chat noir et blanc, qui n'avait que la peau sur les os, sauta sur le rebord, fit le gros dos et miaula avant de disparaître à nouveau derrière la vitre.

La rue était vide, à part deux drogués qui somnolaient à l'entrée de l'épicerie. Scrutant toujours le pâté de maisons, Cobb tendit à McClane une double pancarte blanche d'homme-sandwich, fabriquée exactement selon les directives de Jack.

McClane la passa par-dessus sa tête, ajusta les bretelles pour répartir le poids des deux planches sur ses épaules.

— Les manches sont un peu courtes, mais j'aime bien les revers, observa-t-il avec une esquisse de sourire. Mettez m'en un en daim, je passerai le prendre jeudi.

Cobb regarda une dernière fois autour de lui mais ne vit rien qui retienne son attention. Si Jack était caché dans le coin, il n'avait pas l'intention de se manifester.

— On repassera te prendre dans un quart d'heure.

Il avait parlé d'un ton qui se voulait rassurant mais ne le rassurait pas lui-même.

— Pas la peine, lâcha McClane. Je serai mort dans cinq minutes.

Exactement le genre de phrase que ne voulait pas entendre Cobb en ce moment. Il s'inquiétait mille fois plus qu'il ne voulait bien l'admettre. Principalement parce que, dans un sens, John se fichait éperdument de savoir s'il s'en sortirait ou non. L'état d'esprit idéal pour se faire tuer.

Presque tous les jours on lisait dans les journaux qu'un flic qui avait des difficultés personnelles s'était tiré une balle dans la bouche. Mais Cobb faisait partie de la police depuis trop longtemps pour ne pas savoir qu'on pouvait aussi se suicider en maquillant sa mort en acte héroïque. Encore que McClane n'ait pas précisément le profil d'un héros, au milieu de cette rue, vêtu de son seul caleçon et de ses panneaux publicitaires.

Cobb fit signe au conducteur de repartir. Jack avait dit qu'il expliquerait à McClane ce qu'il aurait à faire ensuite; donc, il ne comptait pas le supprimer. Il ne restait plus à Cobb qu'à prier pour que ce malade respecte la règle du jeu.

2

McClane suivit des yeux le combi qui faisait demi-tour et disparaissait au coin de la rue. Dans cet accoutrement d'homme-sandwich, il se sentait humilié comme il ne l'avait plus été depuis que son vieux s'était pointé complètement saoul alors qu'il fêtait son huitième anniversaire. En le voyant tituber dans leur minuscule jardin, il avait pris conscience de ce que l'on pouvait à la fois aimer et haïr quelqu'un. Ainsi administrée en public, la leçon avait été dure, pour un gamin de huit ans. Heureusement que ses propres enfants ne pouvaient le voir dans cette tenue de fou.

Cependant, il aimerait bien découvrir la bobine dudit Jack Bonhomme, histoire de lui flanquer une raclée, de lui pointer son arme entre les deux yeux et de lui demander au nom de quels critères il l'avait sélectionné, lui. Et pourquoi au beau milieu de Harlem ? Et pourquoi cette mascarade d'homme-sandwich avec ces planches qui lui cognaient les genoux à chaque pas ?

Il monta sur le trottoir et se dirigea vers l'angle d'Amsterdam Avenue, tous les sens en alerte, guettant le moindre mouvement, la première voiture qui surgirait dans la rue, le plus petit indice susceptible de signaler un terroriste les poches remplies de cinq kilos de dynamite.

Presque en face de lui, une porte claqua. Instinctivement, McClane fit volte-face en cherchant son arme dans son dos. Une grosse dame noire s'arrêta un instant sur le perron d'une maison de grès brun, vérifia qu'elle avait bien verrouillé derrière elle puis se tourna et descendit les marches qui donnaient sur le trottoir. McClane ne la quittait pas des yeux si bien qu'il ne manqua pas son expression stupéfaite lorsqu'elle s'approcha de lui.

— Dieu tout-puissant... ! s'écria-t-elle.

Il hocha la tête, comme s'il n'y avait rien d'extraordinaire à ce qu'un Blanc se promène à moitié nu en plein Harlem, pris en sandwich entre deux panneaux publicitaires.

— Bonjour, madame, lança-t-il en souriant poliment. Je me présente au conseil municipal. J'espère que je pourrai compter sur votre voix.

La femme ne répondit pas mais il sentit son regard peser sur lui quand il l'eut dépassée. Son instinct de flic lui dit qu'elle n'était pas la seule à le suivre des yeux.

Zeus Carver aperçut ses neveux, Dexter et Raymond, par la vitrine de sa boutique. Ils marchaient lentement, apparemment fort satisfaits de leur personne, traînant un énorme magnétophone qui devait peser à peu près autant qu'eux deux réunis. Zeus prit son tournevis et retourna vers le répondeur qu'il avait promis de réparer pour quatre heures de l'après-midi. Inutile de se précipiter dehors alors que, manifestement, les garçons venaient le voir.

C'était bien le moment : un magnétophone cassé, certainement volé ou échangé à un petit malin. Son atelier regorgeait déjà de réfrigérateurs en panne, de lave-vaisselle, de chaînes stéréo et de téléviseurs qui ne marchaient plus ; de quoi l'occuper jusqu'au vingt et unième siècle et après. M. Zeus, Réparations en tout genre. Dans le quartier, les gens comptaient sur lui pour les dépanner ; pour peu qu'il soit né la peau blanche et non chocolat, avec ses doigts de chirurgien, il aurait pu faire carrière dans la réparation du cerveau.

Il avait le don de rendre la vie à n'importe quel appareil endommagé, quel que soit son état d'abandon. Il s'était découvert ce talent quand, encore gamin, il passait des heures à démonter et remonter montres, pendules, transistors... tout ce qui lui tombait sous la main, tout ce qu'il pouvait emprunter ou voler à ses parents, amis et voisins.

La veille encore, il avait opéré des miracles sur un téléviseur que son propriétaire avait trouvé dans un appartement abandonné. L'écran était allumé, maintenant, sur un reportage annonçant l'explosion d'un grand magasin des beaux quartiers. En fait, ce qui l'intéressait n'était pas tant l'information que le son et l'image qu'il obtenait de son poste réparé. De temps à autre, il jetait un coup d'œil dessus, vérifiant si l'écran ne passait pas une tempête de neige en noir et blanc.

Il avait vu l'immeuble défoncé, la journaliste qui rabâchait ce qu'elle savait, c'est-à-dire pas grand-chose, sur les causes de la déflagration. Tant qu'ils n'accusaient pas un Noir... se dit Zeus. A cet instant, la sonnette de la porte retentit et ses neveux apparurent, essoufflés. Il leur fallut effectuer un dernier effort pour hisser le magnétophone sur le comptoir.

— Oncle Zeus ! cria Dexter.

L'aîné des deux frères, âgé de onze ans, commandait en tout son cadet de quatre ans. Sûr de lui, il trépidait d'enthousiasme et d'énergie, exactement comme Zeus à son âge.

Celui-ci désigna une pendule au mur.

— Il est neuf heures dix, comment se fait-il que vous ne soyez pas à l'école ?

— Tony veut te vendre ça ! s'écria Dexter d'une voix vibrante d'excitation.

— Ah oui ? grommela Zeus. Ce dégonflé qui se fait appeler « Bad-T » ?

— Ouais, assura Raymond. Il dit qu'il l'a trouvé dans une décharge.

Et noir et blanc c'est pareil, en Amérique... Raymond était un gentil petit garçon mais son innocence autant que sa vénération pour son frère allaient le perdre.

— Un de ces jours, à force d'estamper les gens, c'est lui qui va se retrouver dans une décharge.

— Je te jure qu'il l'a pas volé, celui-là ! déclara Dexter, les yeux écarquillés de sincérité. C'est son oncle qui lui a donné !

— Ben voyons !

Sans plus contredire son neveu, Zeus préféra passer aux actes.

— Donne-moi ce journal.

Dexter s'exécuta puis attendit avec ferveur ce que son oncle allait lui proposer.

Après avoir roulé le journal, Zeus s'en servit pour frapper l'enfant à la tête, pas assez fort pour le blesser, juste histoire de marquer le coup.

L'enfant recula, les lèvres serrées pour retenir ses larmes. Il était encore plus surpris que blessé ; sa mère l'avait habitué aux corrections, mais pas son oncle Zeus.

— Ne vous laissez jamais exploiter par personne ! les admonesta celui-ci. Vous trimballez à travers toute la ville des affaires qui ne vous appartiennent pas. Si vous vous étiez fait prendre, c'est vous qui auriez eu les ennuis. Tony aurait tout nié en bloc.

Il avait posé un regard sévère d'abord sur Dexter puis sur Raymond qui paraissait encore plus étonné que son frère.

— Tu veux qu'on le lui rende ? finit-il par proposer.

Il était prêt à tout pour s'amender auprès de celui qu'il considérait comme son père.

— Non, c'est moi qui vais le faire, marmonna Zeus. Et je vais dire à Tony ma façon de penser.

Raymond frissonna. A l'école et dans tout le quartier, Tony avait la réputation d'un dur mais il ne ferait pas le poids devant l'oncle Zeus. Il eut pitié de lui et se prit à espérer que l'oncle ne taperait pas trop fort.

— Où est-ce que vous allez, maintenant ?

Ils avaient l'habitude de son feu roulant de questions et savaient qu'il suffisait de trouver la réponse satisfaisante... ce qui, en outre, pouvait parfois rapporter quelques sous, quand il était de bonne humeur. C'était un peu comme la table de multiplications. Quand on la récitait bien, quand on ne s'emmêlait pas entre les neuf et les huit, le professeur vous récompensait d'un sourire et vous fichait la paix.

— A l'école, dit Raymond.

Il se mit à rire, soulagé de se retrouver en terrain familier.

— Pourquoi ? demanda Zeus.

Le petit roula des yeux effrayés vers son frère et lui fit signe d'intervenir.

Zeus était le héros de Dexter, celui qu'il voulait devenir en grandissant. La plupart des adultes qu'il connaissait semblaient avoir baissé les bras. Certains fumaient du crack ou de l'herbe, ou se shootaient comme si cela pouvait les aider à se sortir de leurs ennuis. D'autres buvaient. C'étaient ceux-là les plus dangereux, ceux qu'il fallait éviter de peur de recevoir leur poing dans la figure.

Avec Zeus, c'était autre chose. Il ne buvait pas,

ne se droguait pas ; il regardait les gens dans les yeux quand il leur parlait. Il était sévère mais juste. Il vous disait toujours s'il était content ou non de ce que vous faisiez.

— Pour apprendre des choses, dit Dexter.

— Pourquoi ?

Là, Raymond connaissait la réponse.

— Pour pouvoir entrer au lycée.

— C'est si important que ça ?

— Oui, pour se faire *expecter* plus tard.

— *Respecter*, corrigea Zeus. Quels sont les gens que vous devez éviter ?

— Ceux qui vendent de la drogue, dit Raymond.

Dexter voulut y mêler son grain de sel :

— Ceux qui ont des armes, corna-t-il.

Zeus hocha la tête.

— C'est ça. Et qui a raison ?

Raymond pointa un doigt potelé sur lui-même, puis sur son frère et son oncle.

— C'est nous !

— Et qui va vous aider ?

— Personne, dit Dexter.

Zeus se rembrunit puis répéta sa question plus fort.

— Qui va vous aider ?

— On s'aidera tout seuls, esquissa Raymond d'un ton vaguement interrogateur.

— Et de qui doit-on refuser l'aide ?

— Des Blancs, lança Dexter heureux de se racheter.

— Exactement. Maintenant allez…

Il s'interrompit au milieu de sa phrase, distrait par une apparition tellement bizarre qu'il dut se rapprocher de sa vitrine pour s'assurer qu'il n'était pas l'objet d'une hallucination.

Il cligna des yeux, regarda de nouveau. C'était pourtant vrai, il ne déraillait pas. Un homme, un Blanc… en face de sa boutique, au beau milieu d'un des pires carrefours de Harlem, qui ne portait pour tout vêtement à peu près qu'un double panneau d'affichage sur lequel était inscrit en rouge :

« JE LES HAIS TOUS »

Va plutôt proclamer ça chez toi ! songea Zeus. Les Blancs pouvaient bien se haïr entre eux tant que ça leur chantait, mais ils n'avaient pas besoin de venir régler leurs comptes ici, juste devant chez lui. A croire que ce type avait envie de se faire lyncher sur place. Il suffisait que le thermomètre monte un peu pour que ces faces de navet perdent la boule. Zeus avait mis toute sa vie dans sa boutique. Il n'allait pas laisser la mettre à feu et à sang à cause d'un crétin.

— Appelle la police, ordonna-t-il à Dexter. Dis-leur de rappliquer en vitesse s'ils ne veulent pas avoir un mort sur les bras.

Effrayé par le ton sérieux de son oncle, le gamin demeura paralysé sur place.

— Ouste ! cria son oncle.

Les deux frères foncèrent vers le téléphone tandis que Zeus courait au-dehors en lançant pardessus son épaule :

— Ensuite vous filez à l'école, compris ?

Il prit le temps d'évaluer la situation. Le Blanc semblait rester là sans rien faire de particulier. Or, au bout de la rue sévissait une bande de six jeunes qui se prenaient pour des hommes, des rebuts de l'école, durs et désœuvrés, exactement tout ce qu'il voulait empêcher ses neveux de devenir. Ils passaient leurs journées à traîner sur les perrons des maisons, jouant aux cartes, buvant de la bière et fumant de la dope.

Ils n'avaient pas encore vu Blanche-Neige mais cela ne saurait tarder. Dès qu'ils en auraient assez de taper le carton ou qu'ils manqueraient de bière, l'un d'eux se lèverait et ce serait le drame, inévitable.

Sous la chape de chaleur qui commençait à recouvrir la ville, Zeus traversa la route en diagonale. Sans un abri où se protéger du soleil, Blanche-Neige serait bientôt à point... à moins que les jeunes ne se chargent de le refroidir.

Zeus s'arrêta à dix pas de l'énergumène, le dévisageant de la tête aux pieds.

— Bonjour ! lança-t-il d'un ton neutre.

McClane lui décocha un regard furibond mais ne répondit pas.

— Ça va comme vous voulez ? reprit Zeus poliment.

Mine de rien, il se rapprochait, épiant le moindre mouvement autour d'eux. Blanche-Neige paraissait assez calme mais, avec les cinglés de son espèce, il ne fallait pas se fier aux apparences.

— Ne le prenez pas mal, mais je préfère vous avertir qu'un Blanc qui se promène en plein Harlem avec une pancarte proclamant qu'il déteste tout le monde a soit de très graves problèmes personnels, soit une araignée au plafond.

McClane se contenta de ricaner.

Zeus s'avança encore, baissa la voix.

— Hé, je vous parle ! Dans dix secondes ces types, là-bas, vous auront vu et, quand ils vous auront vu, ils vous tueront.

Ils étaient presque nez à nez, si près que Zeus voyait la sueur perler au front de l'autre, glisser sur une barbe de trois jours, effleurer son cou où palpitait une veine. L'homme avait l'air aussi décontracté que s'il bronzait à la plage.

— Vous comprenez ce que je vous dis ? Si vous continuez, vous allez avoir de gros ennuis !

— Tu parles ! marmonna enfin McClane. Je suis flic.

Zeus en resta bouche bée.

— Quoi ?

— Je ne peux rien dire de plus. Je cherche un détraqué.

Son cas était plus grave que Zeus ne l'avait imaginé.

— C'est vous le détraqué ! Vous allez gentiment me suivre dans mon magasin et attendre la police avec moi.

De loin, il voyait les jeunes s'agiter, l'air excédés. Ils se disputaient. L'un d'eux, sans doute mécontent de la main qui lui avait été donnée, jeta ses cartes en l'air. Comme il se penchait pour les ramasser, il regarda autour de lui.

Ses yeux se posèrent sur l'homme-sandwich.

— Qu'est-ce qu'il fout, celui-là ?

Zeus le vit faire signe à ses amis qui tournèrent tous la tête en même temps.

— Et merde ! grommela-t-il.

— Ecoutez, souffla McClane. Il y a une heure, on a fait sauter le Bonwit.

— Ah ouais ?

— Et l'enfoiré qui a fait ça m'a dit de venir ici en menaçant de recommencer ailleurs si je refusais.

— Quoi ?

En d'autres circonstances, Zeus aurait hurlé de rire. Il fallait reconnaître que le gars avait de l'imagination. Pour un Blanc.

Les jeunes venaient de se trouver une distraction plus motivante que les cartes. Ils descendaient dans la rue en souriant, sans se presser. Le cadavre ne risquait pas de s'en aller bien loin… il était trop chargé pour ça.

— J'ai un pistolet, annonça tranquillement McClane.

Il savait pourtant que son arme ne lui serait pas d'une grande utilité face à tant d'assaillants.

— Où ça ? demanda Zeus en cherchant du regard. De toute façon, ça ne les empêchera pas de vous tuer. Ecoutez. Vous n'êtes peut-être pas dingue mais vous en avez tout l'air. Alors continuez, donnez dans le loufoque, vous saisissez ?

Impressionné par la vivacité de son compagnon, McClane hocha la tête. L'entreprise était à peu près aussi insensée que tout ce que lui-même aurait pu inventer pour se tirer d'une situation périlleuse. Mais ça pouvait marcher. D'ailleurs, il s'était assez senti sur la brèche, ces derniers temps, il n'aurait donc pas de mal à leur jouer la comédie du délire.

Bientôt, les jeunes les encerclaient, lisant chacun à son tour le message inscrit sur les pancartes. Ils avaient l'air de trouver l'idée marrante.

— Hé, Zeus, c'est un ami à toi ? demanda le chef de la bande.

Un as du couteau récemment sorti de prison.

Son interlocuteur s'arracha un sourire contraint.

— Tu trouves qu'il a l'air d'un ami, peut-être ? Il est aussi pété que ta sœur un samedi soir.

Retenant son souffle, il priait intérieurement. Il fut exaucé.

— Mes balloches ! couina McClane en battant des coudes comme un poulet. Trois petits tours et puis s'en va ! Ça me prend comme une envie de pisser ! Mais ça va mieux, maintenant. Je me sens beaucoup mieux. Alors, trois petits tours et puis s'en va...

Il tourna, un large sourire aux lèvres, et se mit à suivre celui qui avait parlé à Zeus.

— Il est complètement défoncé, observa ce dernier.

L'autre reculait prudemment, alors que McClane faisait mine de retirer des puces invisibles de ses bras.

— Elle s'appelait Sadie, brailla-t-il. Mais sa sœur

l'appelait Lou. J'ai dû les tuer toutes les deux... tu comprends ? Il y en avait une qui m'avait pissé dessus, mais je ne savais pas laquelle.

Il fit volte-face pour vociférer à la figure d'un autre membre de la bande :

— Alors j'ai bien dû les tuer toutes les deux.

Surpris, le garçon réagit en lui envoyant un direct en pleine mâchoire. On entendit nettement un craquement d'os. McClane vacilla sous le choc mais resta debout.

— Ça fait du bien, gouailla-t-il. Je pourrais en avoir un autre, s'il vous plaît ?

Trop heureux d'accéder à sa demande, son assaillant lui balança un autre coup tout aussi brutal. Etourdi, la bouche ensanglantée, McClane recula en titubant.

Zeus frémit. Cinglé ou pas, ce type avait de l'estomac. Un flic ? Il avait du mal à le croire. Ce n'était pas leur genre de se laisser ainsi tabasser par une bande de Noirs.

— Ça fait du bien, répéta McClane dans un gargouillis. Mettez une autre pièce. Pour la monnaie, adressez-vous au bureau des ventes.

— Il a pas encore son compte ? s'étonna son adversaire en se frottant le poing.

— Il ne l'aura jamais parce qu'il est sur Mars, rétorqua Zeus. Fichez-lui la paix, maintenant.

Un troisième garçon s'avança.

— Moi je vais l'aider à comprendre. Même sur Mars.

Il produisit un couteau à cran d'arrêt, l'ouvrit sous le nez de McClane. Il n'en fallait pas davantage pour encourager ses amis. L'un saisit le panneau de devant, l'autre celui de derrière, un troisième coupa les bretelles. Les planches tombèrent sur le trottoir et les adolescents poussèrent des exclamations de joie en découvrant McClane à demi nu, en chaussettes et en caleçon. Celui qui avait un couteau fit mine de lui viser la poitrine mais, retrouvant ses réflexes, John recula d'un bond, évitant la lame de justesse. C'est alors que Zeus repéra son revolver. Craignant de ne pas pouvoir s'en emparer le premier, il fonça sur McClane, lui arracha son arme et la braqua sur les ados.

— On se calme ! glapit-il. Je n'ai pas envie de tirer, mais je le ferai.

Il visait à droite et à gauche, comme il l'avait vu faire aux flics de la télé.

Pourtant ses mains tremblaient. Il recula, se rapprochant de McClane.

Les ados plissaient les yeux. Ce frère n'allait pas les trahir pour sauver un Blanc, tout de même ! Ça ne se passerait pas comme ça. Malgré l'arme, ils avaient l'avantage du nombre… et l'audace puisée dans l'alcool ingéré dès les premières heures.

Ils ne tarderaient pas à leur sauter dessus. Que fabriquaient les flics appelés par ses neveux ?

Zeus entendait Blanche-Neige à côté de lui. Il avait envie de lui dire : Fais quelque chose. C'est toi qui t'es mis dans cette panade, maintenant il faut nous en sortir. C'est alors que, comme par miracle, l'issue se présenta d'elle-même, sous la forme d'un taxi qui venait de s'arrêter au feu rouge.

Zeus se rua dessus, le revolver pointé sur le pare-brise. Le visage du conducteur vira au masque de terreur. Un Noir armé n'avait rien du passager idéal.

Le feu passa au vert.

— Reste là ! cria Zeus.

De sa main libre, il fit signe à McClane de monter puis le suivit à reculons, sans cesser d'ajuster les ados, et s'assit à son tour.

— En route ! ordonna-t-il.

Le chauffeur écrasa l'accélérateur. La voiture bondit dans le carrefour, suivie de la bande qui invectivait Zeus et McClane et les maudissait jusqu'à la quatrième génération, s'accompagnant d'une volée de canettes de bière dont certaines atteignirent le coffre du taxi, d'autres jaillirent si près des vitres baissées qu'elles répandirent un peu de leur contenu tiédasse à l'intérieur. Finalement, ils abandonnèrent la chasse, retournant vers l'atelier, quand le chauffeur pila net et se tourna en brandissant une poignée d'argent sous le nez de ses passagers.

— Ne me tuez pas ! supplia-t-il d'une voix tremblante. C'est tout ce que j'ai !

Zeus repoussa la main de l'homme en secouant la tête. A son accent, il le devinait des Antilles, sans doute de la Jamaïque. Le pauvre diable devait envoyer tout ce qu'il gagnait à Kingston, pour sa femme et ses gosses, et s'éveiller tous les matins en se demandant s'il n'allait pas y passer ce jour-là.

— Remets-toi, mec, j'en ai pas après ton argent. On veut juste se tirer d'ici. Emmène-nous loin et t'occupe pas des feux.

— Ça va, patron, lança le conducteur un rien soulagé.

On le comprenait. D'un côté, un type armé, de l'autre, un passager en tenue d'Adam, tous les deux pleins de sang. Zeus se passa la main sur le bras pour se rendre compte qu'il saignait comme un bœuf. Une des bouteilles avait dû le toucher.

— C'est profond ?

— Non, mais j'en fiche partout.

Il regarda son voisin, ce Blanc pour lequel il venait de risquer sa vie et sans doute de sacrifier son gagne-pain. Les frères devaient être passablement furieux pour avoir voulu gaspiller toute cette bonne bière contre une face de lavabo.

— Répète-moi ça, dit-il en lui rendant son arme. Le type qui a fait sauter le Bonwit t'a envoyé à

Harlem avec une pancarte où il y avait écrit « Je les hais tous ».

— Ouais. Et toi c'est Jesús ?

McClane prononçait le nom à l'espagnole.

— John McClane, ajouta-t-il en lui tendant la main. Je te dois une sacrée chandelle. On te remboursera tous tes dégâts.

— Alors là, mon vieux, tu peux sortir ton chéquier. La boutique d'électroménager, c'était la mienne. Tu te doutes de ce qu'ils sont en train d'y faire, en ce moment ?

McClane s'adossa à son siège et ferma les yeux. Lui qui avait compté passer sa journée comme d'habitude, à se saouler et à se lamenter sur son sort... La bagarre avec ces voyous de Harlem n'était pas prévue au programme. Sa mâchoire lui faisait encore mal, il empestait le mec qui aurait pris un bain de Budweiser et il se promenait habillé comme un mannequin auditionnant pour une publicité de Calvin Klein. Alors, ce n'était pas le moment de lui casser les burettes.

— T'inquiète, Jesús, marmonna-t-il en se massant l'intérieur de la joue. On va leur envoyer une voiture pour les cueillir.

— Comment ça « t'inquiète » ? Tu parles bien comme un Blanc, toi ! Et pourquoi tu m'appelles Jesús, d'abord ? J'ai l'air d'un Portoricain, peut-être ?

McClane haussa les épaules. Il ne faisait que répéter ce qu'il avait entendu dans la rue.

— Un de tes potes t'a bien appelé Jesús, expliqua-t-il d'un ton las.

— Il a pas dit : « Hé-ssous. » Il a dit : « Hé, Zeus ! » Je m'appelle Zeus.

— Zeus, soupira McClane.

Pas la peine de faire toutes ces histoires pour un simple nom ! Et puis d'abord, on n'avait pas idée de s'appeler Zeus.

— Comme le père d'Apollon, au mont Olympe, l'informait ce dernier. Tu sais, Zeus-fais-pas-chier-ou-je-te-foudroie-les-fesses. Ça te dérange ?

McClane sourit. Il aimait cette attitude « va-te-faire-foutre » qui lui ressemblait tant. Holly aussi l'avait bien aimée, autrefois. Maintenant, c'était plutôt : « Va te faire foutre, John, et tire-toi de ma vie. » Il soupira en se demandant pour la énième fois comment ils avaient pu en arriver là, tous les deux.

— Tu fais un sacré numéro, Zeus !

Le conducteur du taxi les observait dans son rétroviseur.

— Où est-ce que vous allez ? demanda-t-il d'un ton soupçonneux.

McClane se doutait de ce qu'il pouvait penser et faillit éclater de rire : l'homme les prenait pour un couple de pédés en goguette. De retour à Kingston, il aurait de quoi raconter sur la faune de New York.

— A la police centrale.

— Merde ! grogna Zeus, pas emballé du tout.

Allons bon ! McClane l'observa du coin de l'œil. Comment se faisait-il que la plupart des civils ne comprenaient pas que la police était là pour les protéger ? Bon, il arrivait que les flics outrepassent leur autorité et que tout ne se passe pas toujours très bien dans des endroits comme Harlem, mais les pires avanies envers les Noirs ou les Hispanos ne provenaient pas forcément des agents de la force publique et McClane en connaissait justement beaucoup qui se fichaient pas mal de la couleur de la peau de leurs concitoyens.

A moins que Zeus n'aime pas les flics parce qu'il avait déjà été arrêté ou même jeté en prison. Il avait pourtant l'air d'un type honnête, mais c'était aussi le cas des flics les plus pourris… à première vue.

De toute façon, on ne lui demanderait guère qu'une petite déposition ; ensuite, il pourrait partir.

McClane referma les yeux, cessant de se préoccuper du psychisme de Zeus pour tâcher de se détendre. La journée commençait à peine qu'il était déjà éreinté. Et Jack Bonhomme n'avait pas dit son dernier mot.

3

McClane s'assoupit dans un sommeil sonore dont il n'émergea que lorsque le taxi se fut arrêté devant le commissariat. Sa mâchoire lui faisait de plus en plus mal et il crevait d'envie d'aller pisser à cause de tout le café qu'il avait bu en partant pour Harlem. Il sauta du taxi, héla un agent auquel il ordonna de payer la course puis se rua sur le perron, persuadé que Zeus le suivait.

En quoi il se trompait. Celui-ci restait sur le trottoir, regardant autour de lui sans avoir l'air de trop savoir quoi faire. McClane lui fit signe de le rejoindre mais Zeus secoua la tête.

McClane redescendit.

— C'est quoi, ton problème ?

— Non, non, pas de problème.

En bon flic, il reniflait un gros mensonge mais il préféra ne pas insister.

— Alors viens, dit-il.

— J'ai aucune raison d'entrer là-dedans, s'entêta Zeus.

McClane aurait laissé tomber n'importe qui d'autre, mais quand même pas celui qui venait de lui sauver la vie.

— Que si ! On va dire au capitaine ce qui s'est passé. Il te donnera un bon pour te faire rembourser les dégâts de ta boutique, et puis on te ramènera chez toi. Viens.

Là-dessus, il le poussa devant lui à l'intérieur.

Il le laissa dans la salle d'interrogatoire pour faire enregistrer sa déposition et demanda qu'on lui soigne le bras puis il monta vérifier si Jack Bonhomme n'avait pas donné signe de vie.

Le bureau de Cobb était sens dessus dessous. Une équipe de techniciens s'affairait à brancher un système de repérage sur les fils du téléphone. Accroupi dans un coin, Lambert fouillait parmi les listings de l'ordinateur, à la recherche d'indices susceptibles de rapprocher Jack d'un quelconque individu connu de la police. Pour couronner le tout, le substitut, Phil Jordan, s'appliquait à traiter Cobb de tous les noms, l'accusant de ne pas respecter la voie hiérarchique.

— Personne ne m'a averti !

Il frappa violemment le bureau du plat de la main.

— Personne ne m'a rien demandé. Vous n'avez reçu aucune autorisation, ni du maire ni de moi !

Phil Jordan faisait partie des dix personnes sur terre que Cobb n'avait surtout pas envie de voir en ce moment. Cette grande brute de politicard était de ceux qui auraient vendu leur grand-mère contre une promotion. A la rigueur, McClane lui pardonnait de faire le sale boulot du maire, il fallait bien que quelqu'un s'y colle, mais il ne pouvait supporter que Jordan y prenne plaisir.

Il s'arrêta juste assez longtemps pour entendre Cobb justifier sa décision de se plier aux caprices de Jack sans avoir consulté le maire. Puis il opéra un demi-tour et s'en alla chercher encore du café tandis que Cobb répétait pour la dixième fois :

— Avec ce malade sur les bras, on n'avait pas le temps de demander des autorisations.

Ce n'était certes pas la première fois, ni la dernière, que l'inspecteur en chef se faisait remonter les bretelles pour avoir simplement fait son boulot. Mille fois, déjà, il s'était fait enguirlander par des hommes autrement durs et ambitieux que Jordan. Encaisser une réprimande pour une décision prise dans le feu de l'action… ça faisait partie du métier, ce que les gars d'en haut, davantage appliqués à leur promotion qu'à l'arrestation des malfaiteurs ou à la protection de leurs concitoyens, n'avaient pas l'air de saisir.

— Par conséquent vous avez fait revenir ce type de sa mise à pied. Comme ça, on a deux malades sur les bras, maintenant !

— Jack pose des bombes. Il a insisté pour que j'appelle McClane.

Jordan jeta un regard noir à Cobb ; une veine de son front semblait sur le point d'éclater.

— Ce n'est pas lui qui tire les ficelles, ici, ni Trucmuche, ni vous !

Cobb savait que s'il avait attendu l'accord de sa hiérarchie pour répondre aux menaces de Jack, le maire aurait un drame d'une tout autre ampleur sur les bras. Jordan ferait mieux de lui baiser les mains au lieu de leur faire perdre leur temps à tous les deux en se comportant comme un gosse mal élevé. Malheureusement, le policier et le maire, sans parler de son acolyte, n'étaient vraiment pas branchés sur la même longueur d'onde. C'était une situation sans issue.

Il croisa le regard furieux de Jordan mais ne dit rien car il savait que son interlocuteur arrivait à bout d'arguments. En effet, après un court silence, celui-ci sortit en claquant la porte. Il faillit heurter au passage Fred Schiller, le psychologue spécialisé dans l'étude des terroristes.

Ce dernier se lançait dans l'exposé des motivations de Jack lorsque McClane, ayant appris que la voie était libre, déboula dans le bureau, accompagné d'une secrétaire obligeante qui s'était portée volontaire pour soigner la blessure de son menton.

— C'est une question de domination, de suprématie, une sensation de toute-puissance, disait Schiller.

Frottant sa barbe, il se tourna pensivement vers McClane.

— Il veut le dominer, contrôler ses moindres mouvements, ses pensées, jusqu'à ses émotions.

McClane fit la grimace tandis que la secrétaire nettoyait la blessure à l'eau oxygénée.

— Ce serait-y que ce type voudrait m'envoyer des fleurs ?

Schiller secoua la tête.

— Non. C'est une ordure.

— Comment va-t-il ? demanda Cobb à la secrétaire.

— Très bien, sauf qu'il aurait bien besoin d'une douche.

Doucement, elle passa sur la plaie une pommade antibiotique puis sourit à McClane.

— En principe, John, la bière est d'usage interne.

— Je t'adore, répondit-il avec un clin d'œil.

— John, voici Fred Schiller, annonça Cobb. Il est…

— Psychologue, j'avais compris, merci !

— Je disais, reprit Schiller, que ce type veut établir un rapport de force. Il veut que vous dansiez à son rythme, il veut vous broyer jusqu'à ce que vous criiez grâce, et alors…

— Il me tuera, conclut McClane sans ciller.

— Probablement.

Schiller n'avait pas l'air plus ému pour autant.

— Il doit porter en lui, poursuivit-il, une énorme rage refoulée qui peut ressortir chaque fois qu'il déprime.

— Est-ce qu'il peut s'agir de quelqu'un que McClane aurait arrêté ?

— Nous allons certainement le savoir bientôt.

Les mégalos ne restent pas longtemps anonymes. Il voudra que vous sachiez à qui vous avez affaire. Ce surnom qu'il s'est donné doit se rapprocher de son vrai nom.

— Dans le mille! cria Lambert en agitant un papier. J'ai là un Jack E. Simons. Interpellé en 86. Extorsion et enlèvement. Condamné à dix ans de prison. En a fait sept avant d'être libéré pour bonne conduite il y a deux mois.

— Faites voir, demanda Cobb.

Walsh entra et rendit à McClane les vêtements qu'il avait laissés dans le combi pour se mettre en caleçon.

— Merci, Ricky.

McClane enfila sa chemise.

Sans trop vouloir contredire Cobb, il préférait cependant ne pas laisser Lambert partir sur une fausse piste.

— Tu perds ton temps, dit-il à son chef. Jack Simons était un homme d'affaires en faillite qui a enlevé la fille de son associé. C'est un salaud, pas un malade. Le type à qui on a affaire est marteau.

— Un marteau qui s'y connaît en bombes, intervint Charlie Weiss sans laisser à Cobb le temps de défendre son point de vue.

Le chef de l'équipe de déminage se tenait dans l'encadrement de la porte, brandissant une serviette de cuir qui aurait paru parfaitement ordinaire sans l'antenne qui en émergeait. Il se glissa dans le bureau bondé et déposa la serviette devant Cobb.

— On l'a trouvée dans une cour de récréation. Un professionnel, vous dis-je.

L'air admiratif.

— Du matériel très pointu. Voyez-vous...

D'un geste expressif, il simula une explosion.

— Boum!

Cobb s'éloigna instinctivement de la serviette.

— Ce n'était pas la peine de la balancer comme ça sur ce bureau !

Weiss l'ouvrit. Elle contenait une rangée de petits tubes de verre emplis presque jusqu'au bord d'un liquide rouge ou transparent.

— Tant qu'on ne les mélange pas, vous ne risquez rien, assura-t-il.

Weiss était un flic intelligent et sérieux, une véritable encyclopédie vivante des explosifs ; on l'avait amputé du bout de deux doigts à cause d'une grenade à demi désactivée qui avait sauté trop vite. McClane avait beaucoup de respect pour lui ainsi que pour toute son équipe. A une époque, il avait même envisagé d'y demander sa mutation. Mais pour cela, il ne fallait pas avoir les mains tremblantes, autrement dit il devait renoncer à boire, ce dont il n'était pas question pour lui.

— C'est un matériel assez particulier, expliquait Weiss. Un liquide binaire.

Cobb fit la grimace.

— Un quoi ?

— Comme pour un époxyde. Deux liquides. Regardez...

Débouchant deux des tubes, il versa tout d'abord une goutte de liquide rouge sur le bureau puis, à côté, une goutte transparente. Ensuite, il ôta une chaussure et la fit claquer sur les deux petites flaques.

— Chacun de son côté, ils ne donnent rien, mais quand on les mélange...

Il ramassa un trombone qu'il ouvrit, puis assembla au bout une infime quantité des deux liquides. Ensuite, il visa et envoya le trombone dans la salle des interrogatoires. Une violente explosion s'ensuivit. Une chaise prit feu.

Il fallut prendre l'extincteur pour l'arrêter et deux hommes pour étouffer l'incendie qui menaçait.

— Seigneur Dieu, Charlie ! s'exclama Cobb.

Effaré par cette énergique démonstration, il ne pouvait quitter des yeux la chaise en cendres.

Le chef des démineurs sourit.

— Pratique, comme matériel. Avec ce genre d'équipement, on est prévenu d'avance. La bombe doit s'armer. Vous voyez le liquide rouge s'infiltrer dans le transparent avant d'éclater.

— Il lui faut combien de temps pour ça ? demanda McClane.

Weiss haussa les épaules.

— Dix secondes, deux minutes, allez savoir ! Mais une fois que le mélange est opéré... vous avez intérêt à ne plus vous trouver dans les parages.

— Ce doit être un cocktail assez rare, observa Cobb. On devrait pouvoir...

— C'est fait, coupa Lambert.

Il déchira une page de listing qu'il tendit à son chef.

— Laboratoires Livermore, cambriolés pendant le week-end.

— Il en reste assez à notre terroriste pour fabriquer une autre bombe ? demanda McClane.

— Assez ?

Lambert haussa un sourcil.

— Ils s'en sont fait voler quelque chose comme une tonne.

L'air hargneux, Cobb désigna les gouttes sur son bureau.

— De ça ?

D'un seul coup, McClane eut terriblement soif. C'était l'heure à laquelle il commençait à s'imbiber de whisky, pour attaquer la journée en beauté. Il lut de l'effroi dans les yeux de Cobb, il vit la bouche de Lambert se serrer et se demanda pourquoi il percevait si bien leur anxiété.

Il en fallait beaucoup pour lui faire peur, sauf, peut-être, du côté de ses enfants, par exemple si on le menaçait de ne jamais les revoir, ou encore si on lui annonçait que Holly était tombée amoureuse d'un autre homme. Légalement, ils étaient toujours mariés et John se disait que, tant qu'elle n'aurait pas rencontré quelqu'un d'autre, ils avaient une chance de se retrouver. L'ennui, c'était qu'au cours de leurs rares conversations téléphoniques, ils finissaient invariablement par se disputer et se raccrocher au nez.

Elle voulait qu'il arrête de boire, qu'il rentre à Los Angeles, qu'il abandonne son job de flic pour prendre un bon métier bien pépère. Elle lui avait dit que ses patrons, à la Nakatomi Corporation, lui étaient profondément reconnaissants d'avoir sauvé la vie de tant d'employés au cours de cette terrible veille de Noël. Elle n'avait qu'à demander, ils trouveraient à son mari un emploi dans l'une de leurs nombreuses filiales.

Lui ne le voyait pas de cet œil. Il était parti là-bas un certain temps, s'était engagé dans la police de Los Angeles ; il avait même fait un gros effort pour devenir le mari tranquille dont rêvait Holly. Mais il était flic, oui ou non ? Pas gratte-papier. Et puis il faisait dix fois trop chaud en Californie pour son goût. Tout ce soleil, c'était à la rigueur bon pour y passer des vacances ou pour s'amuser, comme à Disneyland ou à Las Vegas. Mais y vivre ? Non merci, sans façons.

Lui, il avait New York dans le sang. Il aimait se réveiller dans la clameur des klaxons, des gens qui s'interpellaient, des camions-poubelles qui s'arrêtaient sous ses fenêtres. Il aimait se retrouver en plein Time Square à minuit, avec les putes qui se pavanaient, les arnaqueurs qui jouaient au bonneteau, les enseignes au néon des boîtes de strip-tease qui vous promettaient toutes sortes de visions émoustillantes. Il aimait jusqu'au métro, à toute heure du jour ou de la nuit, s'adossant à une barre pour contempler ses concitoyens les yeux mi-clos, défiant mentalement les voyous de lui tomber tout cuits dans la main pour peu qu'ils provoquent une bagarre avec un autre passager.

New York, c'était sa ville. Il éprouverait autant de peine à l'abandonner qu'à divorcer de Holly. Ce n'était peut-être pas la perfection mais il ne connaissait rien d'autre.

Il n'avait pas particulièrement peur de la mort. Il avait si souvent affronté le danger qu'il en était arrivé à se croire invulnérable tant que ne surviendrait pas le moment fatal écrit dans le grand livre. Seulement il ne pouvait supporter l'idée d'être le jouet d'un débile armé d'une tonne d'explosif.

— On peut utiliser n'importe quel signal de détonation, poursuivait Weiss d'un ton professoral. Radio, commutateur électrique... même un téléphone portable !

Tandis qu'il poursuivait son cours sur les liquides binaires, la secrétaire de Cobb apparaissait en faisant de grands signes.

McClane l'entendit lui dire :

— C'est lui.

— Ce type a doublé la boucle réactive d'Alberti, continuait Weiss.

Emporté par son enthousiasme sur l'ingéniosité du dispositif de Jack, il n'avait pas perçu l'intonation véhémente de Jane.

— C'est un méchant petit système qui a servi pour la première fois, je crois, au Liban par les...

— Charlie !

Cobb essayait d'interrompre ce flot de paroles.

— Charlie !

Weiss s'arrêta au milieu d'une phrase, aperçut Cobb qui désignait le téléphone et se tut.

— Tâchez de le repérer, ordonna Cobb à Walsh.

Il fit signe à Jane de lui passer la communication dans son bureau. L'appareil sonna. Cobb appuya sur la touche d'enregistrement. McClane, Lambert et Schiller mirent des casques d'écoute. Leur chef attendit qu'ils soient tous branchés puis décrocha.

— Jack ? commença-t-il.

— Il a porté les panneaux dans la rue, il s'en est sorti, ânonna Jack.

On aurait dit un gosse récitant une poésie. Il ajouta quelques mots dans une langue que Cobb prit pour de l'allemand avant d'ajouter :

— Qui l'eût cru ? Où sont mes pigeons, en ce moment ?

Déconcerté, Cobb regarda Schiller qui secoua la tête.

— Quels pigeons ? demanda-t-il.

— « J'avais deux pigeons, jolis et gais
Qui se sont envolés l'autre jour.
Pourquoi sont-ils partis ?
Personne ne le sait. »

— Vous parlez de McClane ? insista Cobb.

— Non, du Père Noël.

Cobb regarda de nouveau Schiller, cherchant ce qu'il pouvait dire pour garder le contact. Schiller fit signe à McClane de se mêler à la conversation.

— Je suis là, lança celui-ci dans son microphone.

— Ah ! Tout de même.

La voix au bout du fil, avec son lourd accent et son ton moqueur, avait tout de suite tapé sur les nerfs de McClane. Celui qui se faisait appeler Jack était beaucoup trop content de son petit personnage. En fait, il y avait de quoi. Il mettait la police sur les dents ; elle guettait ses moindres paroles, prête à obéir à ses ordres. Oui, ils n'étaient tous que des pigeons, pris au piège de ses menaces.

— Et l'autre ? demanda Jack.

Cobb claqua des doigts pour attirer l'attention de McClane. De quel autre parlait-il ? McClane montra Zeus derrière la paroi vitrée, en train de discuter avec un inspecteur pour se faire ramener à Harlem.

— Oui, il est là, dit McClane.

Lambert se ruait dehors, attrapait Zeus et l'entraînait dans le bureau. Pendant ce temps, Cobb branchait la communication sur les haut-parleurs.

— Alors passez-moi ce bronzé de Samaritain, ordonna Jack.

Zeus se rebiffa :

— Tu as quelque chose contre les bronzés ?

McClane retint son souffle. C'était bien le moment de se lancer dans une tirade sur le racisme ! Il leur fallait retenir Jack le plus longtemps possible au bout du fil et ce n'était pas en le provoquant qu'ils y parviendraient.

Cependant, Jack ne parut pas relever l'hostilité de Zeus.

— Bonjour ! lança-t-il. Non, je suis juste un peu ennuyé parce que je me suis donné beaucoup de mal pour organiser cette partie avec McClane. Vous vous êtes mêlé à un schéma très précis.

— Ah oui ? Tu sais où tu peux te le mettre, ton schéma ?

Cette fois, Zeus était allé trop loin. Ils entendirent un déclic suivi d'une sonnerie continue. Zeus avait tout gâché. Jack avait raccroché.

Cobb balança son combiné sur l'appareil.

— Ah ! c'est malin ! Vous ne savez pas qu'il y a des vies humaines en jeu ?

Un lourd silence s'appesantit sur le bureau, chacun demeurant subitement immobile, comme si l'oxygène venait à manquer. Il y avait là des flics habitués à peu près à tout mais, avec ce civil parmi eux, ils changeaient d'attitude. Zeus n'était pas des leurs et voilà qu'il se trouvait mêlé malgré lui à un cas de vie ou de mort exigeant des qualités et un entraînement particulièrement aigus. En le voyant merder de la sorte ils ne pouvaient que retrouver leurs propres terreurs, leur propre incurie.

McClane sentait combien Zeus se crispait, récalcitrant à toute idée de collaboration avec la police, bouillant d'exaspération... mais il y avait autre chose. McClane l'avait déjà subodoré lorsque son compagnon avait fait tant d'histoires pour entrer au Q.G. de la police.

— Vous avez intérêt à ce qu'il rappelle! l'avertit Cobb.

— Il rappellera, assura Schiller.

Cobb ouvrit la bouche, se ravisa et se tut. Une longue minute passa, menaçante, terrible. Les hommes fixaient le téléphone comme pour l'exhorter à sonner. Que Jack refasse surface, qu'ils lui mettent la main dessus avant qu'il cause davantage de dégâts.

La sonnerie retentit de nouveau, comme Schiller l'avait prédit. Cobb attrapa le combiné et lança :

— Jack? Il ne parlait pas en notre nom.

— C'était très mal élevé, commenta Jack d'une voix lente et grave. Ne recommencez pas. Comment s'appelle-t-il, ce zouave?

McClane râlait intérieurement. Qu'il l'ait voulu ou non, Jack avait réussi par deux fois à toucher Zeus en son point sensible. Cobb agita un doigt menaçant vers ce dernier pour l'inciter à la fermer. Trop tard.

— Je ne suis pas un zouave! rétorqua Zeus.

A la surprise de tous, Jack ne raccrocha pas.

— Pardon. Ce n'était pas de très bon goût.

Il partit d'un petit rire bas, froid comme un vent d'hiver.

— J'allais vous renvoyer dans vos pénates avec un blâme mais, tout bien considéré, vous pourriez peut-être jouer avec nous.

Avant que Zeus ait pu répondre, Walsh claqua des doigts pour attirer l'attention de l'assistance.

— On le tient ! Une cabine téléphonique à...

Il laissa passer une seconde qui dura une éternité avant que le technicien en correspondance avec lui annonce dans son casque le numéro de la zone d'appel.

— Oslo ? répéta-t-il d'un ton surpris.

Brooklyn ou le Queens auraient suffi à leur étonnement. Quant à Oslo, cela ne voulait plus rien dire.

— En Norvège ? lâcha Cobb tout aussi abasourdi.

Walsh secoua la tête.

— Attendez ! Non, c'est Juárez, au Mexique.

Il se rembrunit comme le technicien se corrigeait.

— Merde ! Maintenant c'est l'Australie...

Jack était un vrai professionnel. Un escroc à la petite semaine ne savait pas dérouter les appels téléphoniques via les circuits internationaux. Il fallait un certain génie pour mettre au point un système susceptible de confondre l'équipement ultra-sophistiqué de la police de New York.

— On l'a dans l'os, commenta McClane d'un ton lugubre.

Il se demandait quels autres talents Jack cachait dans sa manche, en dehors de sa connaissance des explosifs et des télécommunications.

— Alors, on s'amuse bien avec les gars des téléphones ?

Jack éclata de rire, cette fois comme un enfant devant un jouet tout neuf. Mais sa voix reprit vite son horrible intonation caverneuse.

— Jack a dit que McClane et son Samaritain se rendent à la station de métro entre la 72e Rue et Broadway. Je vous rappellerai dans un quart d'heure à la cabine téléphonique qui se trouve devant l'entrée. Pas un mot à la police. Si vous ne répondez pas à temps, je considérerai que vous avez perdu. C'est bien compris, John ?

— Rien pigé, répliqua McClane qui cachait mal son agacement.

Il avait envie de lui demander en quel honneur cet abruti se permettait de l'appeler John. Et avant tout pourquoi il s'adressait à lui personnellement. Il ne goûtait que médiocrement ce genre de plaisanterie.

On n'était qu'à la mi-juin, pourtant la météo avait prédit une véritable canicule, agrémentée d'un record d'humidité. Par un temps pareil, McClane avait moins que jamais envie de traîner dans les rues à guetter les coups de fil d'un enfoiré.

— J'ai l'impression, ajouta-t-il en lançant un rapide regard à Schiller, que vous n'êtes qu'un malade qui fait une fixette sur les jeux de gamins.

Les mots lui avaient échappé avant qu'il ait vu Schiller se raidir et vigoureusement secouer la tête. Non ! Non ! C'était la dernière chose à dire !

McClane attendit le déclic indiquant que Jack lui raccrochait au nez.

Il n'en fut rien.

— Sûrement pas ! finit par répondre celui-ci d'un ton irrité.

McClane eut envie de le pousser dans ses derniers retranchements.

— Alors, voyons... Je vous ai envoyé au trou pour une raison ou pour une autre. Vol à la tire, travestissement féminin...

— Vous ? Vous ne pourriez pas m'attraper si j'emportais votre fauteuil avec vous dedans.

Qu'il aille se faire foutre ! McClane avait toutes les peines du monde à garder son calme.

— Alors pourquoi est-ce que tu veux me tuer, connard ?

— John, calmez-vous ! susurra Jack. Si je ne cherchais qu'à vous tuer, ce serait fait maintenant.

Il rit de nouveau, d'un rire qui glaça le sang de McClane.

— Jack, ici Cobb. Je vous remercie de vos attentions pour McClane mais, croyez-moi, ce crétin n'en vaut pas la peine.

McClane le fusilla du regard. Merci patron !

Cobb ne cilla pas et poursuivit sa conversation comme s'il était seul dans son bureau.

— Il a marché sur tellement de pieds dans le département que le mois prochain il sera à la circulation. Même sa femme ne veut plus entendre parler de lui. En plus, c'est presque un ivrogne. Alors pourquoi perdre votre temps ? Vous m'avez l'air d'un garçon intelligent. Qu'est-ce qu'il vous faudrait pour laisser tomber ?

— Vous voulez parler... d'argent ?

— Oui. McClane n'est qu'un morpion, dit Cobb avec beaucoup trop d'empressement au goût de son subalterne. Que diriez-vous d'un million de dollars en coupures anciennes pour l'oublier et couler des jours heureux ?

— Je n'ai rien à fiche de votre argent. Je n'abandonnerais pas McClane pour tout l'or de votre Fort Knox.

Schiller prenait des notes sur son carnet. Ce mépris, cette assurance... L'homme avait répondu à cette offre de compensation exactement comme il s'y attendait.

Jack répéta ses instructions :

— Le métro de la 72e Rue. La cabine. Un quart d'heure. McClane et le Samaritain. Si vous êtes un tant soit peu compétents, vous avez trouvé la serviette. Alors vous savez ce que je veux dire quand je parle de pénalité.

Il raccrocha sans laisser à Cobb le temps de faire une autre offre.

— Merci, Walter ! dit McClane. C'est ce que j'appelle de la solidarité.

— Ça valait la peine d'essayer.

Là-dessus, Cobb se retourna vers Schiller, comme pour obtenir une confirmation.

— C'est un fou furieux.

Schiller hocha la tête.

— Mégalomanie caractérisée. Un véritable cas d'école.

Il consulta ses notes en se frottant la barbe.

— Il a laissé quelques indices sur son identité. Il a parlé allemand, il a dit « votre » Fort Knox. Et il a bafouillé quand McClane l'a un peu poussé.

Autrement dit, c'était un étranger. Pas besoin d'un doctorat en psychologie pour comprendre ça.

— Vous pensez vraiment qu'on ne peut pas l'acheter ? demanda Cobb.

— Oui. Très classiquement, la référence à l'argent l'a mis hors de lui.

Cobb soupira, ouvrit son tiroir, en sortit la plaque dorée de McClane qu'il lui envoya.

Ce dernier la manqua de peu. Elle atterrit à côté de sa main. Il mourait d'envie de la prendre, de la remettre à sa place, dans sa poche. Mais ce serait trop facile. Il n'allait pas oublier aussi aisément que son patron l'avait traité de morpion.

— Ça veut dire que je redeviens flic, Walter ?

Cobb prit un comprimé antiacide.

— Allez-vous-en, tous les deux, sinon vous n'arriverez jamais à temps dans la 72e Rue, rappela-t-il pour détourner la conversation. Walsh, appelez-leur un taxi.

— Hé, du calme ! intervint Zeus.

Tous les flics le regardèrent.

— Je ne vais nulle part.

— Jack a dit que tu devais y aller.

Pour ce qu'il en a à fiche, songea McClane. Cobb semblait avoir oublié que Zeus ne faisait pas partie de son équipe.

— Je ne vais pas faire le beau pour amuser un détraqué, déclara calmement ce dernier. Tout ça, c'est des histoires de Blancs. Débrouillez-vous. Je n'aurais jamais dû me mêler de cette affaire.

Là-dessus, il tourna les talons pour quitter le bureau de Cobb.

A priori, McClane approuvait son point de vue. D'un autre côté, il avait besoin de lui, histoire de faire croire à Jack qu'ils entraient dans son jeu. De toute façon, il ne pouvait le laisser partir tant que ce malade n'était pas mis hors d'état de nuire.

Il décocha la première phrase qui lui venait à l'esprit :

— Pourquoi tu m'as sauvé la mise ?

Zeus le foudroya du regard.

— Je n'ai rien sauvé du tout. J'ai empêché un flic blanc de se faire descendre en plein Harlem. Ça aurait suffi pour rameuter mille flics surexcités, le doigt sur la détente. Pigé ?

Il sortit en claquant la porte, laissant derrière lui une équipe muette, parfaitement consciente qu'il n'était pas loin de la vérité.

Ce fut Cobb qui rompit le silence :

— Ramène-le-nous, John.

— Où est-ce que vous avez trouvé cette bombe ? demanda McClane à Weiss.

— A Chinatown.

— Merde !

Il aurait préféré une autre réponse. Celle-ci ne l'avançait pas à grand-chose. Il allait devoir improviser. Il récupéra sa plaque, l'air totalement indifférent, et courut après Zeus.

— Attends-moi, mon vieux !

— Je ne suis pas ton vieux, lança Zeus par-dessus son épaule. Ni ton frère, ni ton voisin, ni ton ami. Je suis ton parfait inconnu.

— D'accord, Inconnu.

McClane ajouta plus fort :

— Tu sais où se trouve la cour de récréation de Saint Nicholas, dans la 109e Rue ?

Zeus s'immobilisa, se retourna.

— A Harlem.

A son ton résigné, McClane comprit que Zeus avait déjà saisi où devait les mener cette conversation.

— Et, d'après toi, il l'a prise où, cette serviette ?

Il se tut un instant, pour donner à son interlocuteur le temps d'intégrer une image : une cour de récréation pleine d'enfants noirs ; une brave serviette anodine, remplie de tubes à essai qu'aucun gosse digne de ce nom ne résisterait à manipuler ; une explosion qui éparpillerait instantanément ces gosses en pièces détachées à travers toute la cour.

— Contrairement à toi, ajouta-t-il, ce type se fiche de la couleur de la peau des gens.

Zeus enjamba le portail. Son expression trahissait sa perplexité. Il semblait que McClane ait trouvé l'argument décisif.

D'un seul coup, celui-ci songea à la première et dernière partie de pêche à laquelle il ait jamais suivi un pote, des années auparavant. Son ami lui avait montré comment appâter l'hameçon et lancer sa gaule par-dessus la barque dans les eaux calmes du lac. Au bout d'une heure ou deux d'attente paisible au soleil, une bière à portée de la main, il avait senti une résistance à l'extrémité de sa ligne. Sans grand effort, il avait remonté une perche de belle taille dont ils s'étaient régalés pour le dîner.

Une expérience somme toute agréable mais qu'il n'avait jamais songé à renouveler. Toutes les chances étaient du côté du pêcheur. Et voilà qu'il avait ferré Zeus avec un mensonge facile et qu'il l'entraînait dans une situation vraisemblablement très dangereuse. Pas de quoi être fier de soi. Mais avait-il le choix ?

Jacques a dit non.

4

La première chose que McClane remarqua, lorsque le taxi atteignit l'angle de Broadway et de la 72ᵉ Rue, fut l'odeur d'ail puissante, omniprésente, qui provenait du *Gray's Papaya*. L'eau lui vint à la bouche à l'évocation de leurs fameux hot dogs grillés, deux pour un dollar, ruisselants de moutarde, de ketchup et de cornichons. Les gars, derrière leur comptoir, travaillaient vite. Il ne faudrait pas plus d'une minute pour avaler deux dogs et un verre.

Il sortit du taxi, vérifia la température et l'heure affichées sur l'écran numérique au sommet de la banque d'en face. Presque dix heures moins le quart. Cobb lui arracherait la tête et veillerait personnellement à ce qu'il soit définitivement viré de la police s'il venait à bousiller leurs chances pour deux hot dogs. Ce type souffrait d'un mauvais système digestif, il ne pouvait pas apprécier les meilleures choses de la vie.

L'entrée du métro se trouvait sur un îlot triangulaire, au carrefour de Broadway et d'Amsterdam Avenue. L'immeuble auquel s'adossaient les distributeurs de jetons et les tourniquets était un vieux bâtiment massif, en brique, qui dominait la 72ᵉ Rue. Le kiosque apparaissait sur la gauche et, à côté, la cabine téléphonique indiquée par Jack.

McClane s'engagea dans le passage pour piétons

lorsque l'orange fit place au rouge et, d'un geste, invita Zeus à le suivre. Un camion fonçait dans sa direction. Pas décidé à le laisser passer, malgré le coup de klaxon, McClane continua son chemin. Un taxi dut faire un écart pour éviter Zeus.

— Pour une fois dans ma vie que j'aidais un Blanc, marmonna-t-il, voilà où ça me mène !

— Et moi, alors ? Je profitais tranquillement de ma mise à pied, à boire du scotch et à griller mes cinq paquets par jour devant la télé... Tout d'un coup, ma vie avait pris un sens. Et voilà...

Il jeta un coup d'œil au téléphone et s'aperçut que Jack avait négligé un seul détail en lui donnant ses instructions. Ils débarquaient dans l'un des quartiers les plus fréquentés de la ville. Quand on avait la chance de tomber sur une cabine en état de marche, on en avait encore plus de la trouver occupée.

Une grosse dame brune, un tas de sacs à provisions à ses pieds, s'agrippait au téléphone comme à une bouée de sauvetage. Le visage trempé de sueur, elle parlait d'une voix basse, pressante. McClane tapa du pied et consulta impatiemment sa montre. Encore deux minutes. La femme laissait échapper un torrent ininterrompu de paroles sans paraître remarquer McClane ni vouloir achever sa conversation.

Lambert, Walsh et Connie Kowalski occupaient l'intérieur d'une camionnette banalisée garée en face de l'entrée du métro. Accroupi devant l'émetteur-récepteur, Lambert tenait Cobb au fait, minute par minute.

— Ils sont devant le téléphone, mais il y a un problème.

— Un gros problème ?

— Dans les cent vingt kilos.

Lambert ne faisait que répéter ce que lui avait

communiqué Walsh qui s'était affalé à la place du conducteur, l'air de dormir. En fait, il ne quittait pas McClane des yeux.

Il entendit Cobb jurer tout en mâchonnant une pastille antiacide. Tout risquait de foirer à cause d'une grosse dame qui n'en finissait pas de caqueter.

*

* *

McClane aperçut la camionnette et comprit que ses potes tenaient Cobb au courant. Il espérait que son chef saurait apaiser Jack si ce dernier téléphonait pour se plaindre qu'il ne pouvait obtenir le numéro de la cabine. L'air détaché, il inspectait du regard les rues adjacentes en se demandant si Jack se trouvait par là, à portée d'œil.

Juste en face s'épanouissait un minuscule lopin de verdure, Verdi Park. Durant les années 70, longtemps avant la rénovation du quartier et la hausse vertigineuse des tarifs immobiliers, l'endroit portait le surnom de Seringue Parc. Il attirait alors tous les dealers et fonctionnait comme un véritable marché à ciel ouvert de tout ce qui se fumait, se sniffait, s'injectait. Les habitants avaient œuvré de concert avec les flics pour le vider de ses dealers et de leur clientèle. Mais, à en croire les collègues camouflés de McClane, les bancs qui faisaient face à Amsterdam Avenue étaient encore fréquentés par des vendeurs à la sauvette qui offraient leur marchandise sous le manteau, et tout le coin était la proie des pickpockets.

On comprenait facilement pourquoi. Les trottoirs grouillaient de piétons. Des commandos de nounous marchaient par trois en poussant leurs landaus sans plus laisser de place aux jeunes cadres dynamiques dont les bureaux venaient d'envahir le voisinage. Des comédiens, avérés ou apprentis, flânaient en quête de cancans sur qui baisait qui dans Broadway et ailleurs. De gracieuses jeunes femmes au long cou de cygne couraient vers leur cours de danse au Lincoln Center tout proche. Des dames sur le retour, chargées de sacs à provisions remplis de pain, de saumon fumé et de tomates mûres, fouillaient dans leurs poches à la recherche de monnaie pour les légions de sans-abri qui avaient élu domicile dans le coin.

Un métro passa dans le sous-sol en grondant. Le grincement de ses freins montant par les bouches d'aération pour dominer le brouhaha de la circulation vint douloureusement rappeler à McClane que le compte à rebours avant une nouvelle explosion était commencé.

Un couple et ses deux enfants, tous habillés de simples T-shirts, de shorts et de sandales, s'arrêtèrent à quelques pas de lui pour consulter un plan de métro. La petite fille tira sur la manche de sa mère.

— Pas maintenant, Sarah, dit celle-ci.

— Maman, je suis fatiguée et j'ai chaud.

Des touristes. Bientôt ils allaient lui demander comment se rendre à la statue de la Liberté. Il préféra tout de suite leur tourner le dos et regarder sa montre. Mama Cass allait devoir dire au revoir.

Il lui tapota sur l'épaule.

— Excusez-moi, madame, dit-il poliment. Nous avons besoin...

Zeus s'interposa, prit le combiné d'autorité, raccrocha :

— C'est pas bientôt fini avec ce bigophone ? Police !

Elle en resta bouche bée, incapable d'articuler un son, déglutit, ramassa ses sacs et déguerpit aussi vite que le lui permettait sa masse.

Zeus décocha un large sourire à McClane.

— Ça, je sais faire.

— Il y a une autre cabine en face, madame! cria McClane.

Puis il se tourna sur Zeus.

— Ecoute-moi bien, siffla-t-il entre ses dents. Ici, la police c'est moi, pas toi.

Le sourire de Zeus s'évanouit.

— A toi de m'écouter, lâcha-t-il en pointant l'index sur la poitrine de McClane. Ici, c'est toi qui as besoin de moi, pas le contraire. Si ma méthode te plaît pas, je me tire.

Il fit mine de se diriger vers l'entrée de la station lorsque le téléphone sonna. Il s'arrêta et se retourna, défiant McClane du regard.

Celui-ci avait envie de décrocher pour dire à Jack d'aller se faire foutre, mais il en avait autant au service de Zeus. En l'occurrence, il valait mieux choisir une troisième option.

— D'accord, j'ai besoin de toi, admit-il en grinçant des dents.

Zeus s'arrêta. Il tenait là peut-être la seule occasion de sa vie de dicter sa conduite à un flic blanc.

— D'accord, reprit McClane, j'ai plus besoin de toi que toi de moi.

Satisfait d'avoir marqué un point, Zeus revint sur ses pas tandis que McClane décrochait.

— Allô!

Zeus se colla contre lui pour entendre Jack leur dicter ses ordres.

Mais, pour commencer, celui-ci tenait à leur citer un autre poème à la ma mère l'Oye.

— «Qui se ressemble s'assemble,
Comme cochons en leur soue,
Rats et souris en leur chambre,
Et moi… je joue mon atout.»

— Joli. Ça rime, commenta McClane.

Il piaffait d'impatience, attendant la suite afin

de voir au plus vite s'achever cette sinistre comédie.

— Pourquoi était-ce occupé ? Qui appeliez-vous ?

— SOS Fantômes, rétorqua McClane.

— Je vous conseille de ne pas plaisanter.

McClane haussa les épaules. Ce type n'avait aucun sens de l'humour.

— Ecoutez, c'est une cabine publique. Qu'est-ce que vous voulez que je vous dise ?

— Par exemple, qu'il y avait une forte personne en ligne et qu'il vous a fallu une minute pour vous en débarrasser.

Ainsi, les flics n'étaient pas les seuls à l'épier. McClane jeta de nouveau un regard circulaire sur les immeubles environnants. Un gratte-ciel moderne donnait directement sur l'entrée du métro, sa façade de brique percée par des centaines de fenêtres. Jack pouvait se trouver derrière n'importe laquelle, à l'observer dans ses jumelles, à préparer son prochain coup.

— Il y a un bon paquet d'explosif... dans la poubelle à côté de vous.

Celle à laquelle s'adossait Zeus. Celui-ci sursauta en poussant une exclamation d'effroi.

— Fichez le camp et tout saute, les avertit Jack.

Le salaud !

— Je n'ai pas l'intention de bouger, dit McClane en observant la foule qui allait et venait, mais il y a au moins cent personnes autour de nous.

— Hé oui ! railla Jack. Alors faites bien attention.

Il se mit soudain à réciter très vite :

— « En me rendant à Sainte Flamme
Je vis un homme et ses sept femmes,
Chaque femme avait sept sacs,
Chaque sac avait sept chats,
Chaque chat avait sept chatons.
Chatons, chats, sacs et femmes...
Combien se rendaient à Sainte Flamme ? »

Les mots se répercutaient si vite que lorsque Jack parvint à la dernière rime, McClane se souvenait à peine de la première.

— Hé, attendez ! Redites-moi ça ?

— Certainement pas. Rappelez-moi au 555 plus le résultat dans trente secondes ou vous êtes morts.

Clic. Il avait raccroché.

McClane regarda Zeus.

— On est morts.

— La ferme ! Je suis bon en calcul mental.

Il était bien le seul des deux. McClane avait toujours été nul dans ce genre d'exercice, même à l'école. Attraper les bandits et les voleurs, les incendiaires et les dealers, il savait. Mais là, il était complètement largué. Et les précieuses secondes qui s'écoulaient, le drame sanglant qui s'approchait à pas de géant... Il se torturait les méninges à seulement se rappeler la comptine.

— Sept femmes avec sept sacs de merde ou je ne sais quoi...

— Ta gueule, McClane ! cria Zeus qui alignait les chiffres plus vite qu'un boulier. Sept femmes avec sept sacs, ça fait quarante-neuf sacs. Ensuite ?

— J'en sais rien. Des chats et des chatons.

— Ah oui, c'est vrai ! Sept chats, sept chatons. Quarante-neuf fois sept, ça fait trois cent... quarante-trois. D'accord ?

— Qu'est-ce que tu veux que j'en sache ?

— Trois cent quarante-trois fois sept, ça fait, attends...

Zeus dessina des chiffres dans l'air avec l'index.

— Sept fois trois vingt et un, et je retiens deux, sept fois quatre...

McClane n'en respirait plus. Ils n'avaient plus le temps. Vite ! Vas-y !

— ... ça donne deux mille quatre cent un ! déclara Zeus avec un soupir d'aise.

McClane relâcha son souffle.

— Oui, même résultat que moi. Deux, quatre, zéro, un ?

— C'est ça. Fais le cinq cent cinquante-cinq, vingt-quatre, zéro, un.

McClane répéta chaque chiffre tout en le composant.

— Non, attends ! Attends !

Zeus lui arracha le combiné et coupa.

— C'est un piège. J'ai oublié le bonhomme.

Il devenait fou ?

— Qu'il aille se faire foutre, celui-là ! cria McClane. Qu'est-ce que je fais comme numéro ?

— Combien se rendent à Sainte Flamme, c'est ça ?

Zeus plaqua une paume sur son front.

— La comptine commence comme ça :

« En me rendant à Sainte Flamme

Je vis un homme et ses sept femmes. » Cet homme et ses sept femmes ne vont nulle part.

— Alors, qu'est-ce qu'ils foutent ?

— Rien ! s'exclama Zeus. Ils sont assis au bord de la route. Ils vont dans la direction contraire. Qu'est-ce que j'en sais, moi ?

A tout instant, la bombe pouvait sauter, emportant avec elle la moitié du quartier, et McClane restait coincé dans une comptine digne d'Abbot et Costello en compagnie d'un Noir appelé Zeus.

— Alors, qui va à Sainte Flamme ? hurla-t-il.

— Le type ! Celui qui récite la comptine. La réponse c'est un !

Zeus lui tendit le combiné.

— Appelle.

McClane ne saisissait pas son raisonnement mais il préféra le croire sur parole. Il poserait des questions plus tard… s'il y avait un plus tard. Il composa les trois premiers numéros.

— Cinq cent cinquante-cinq ? Et ensuite ? Comment je fais un ?

— Cinq cent cinquante-cinq, zéro, zéro, zéro, zéro, un ! Grouille-toi, merde !

Le cœur battant à tout rompre, McClane appuyait sur les dernières touches. La sonnerie retentit une fois. Mon Dieu, pria-t-il intérieurement. Faites que...

— Allô, John ! chantonna Jack.

McClane télégraphia un remerciement muet à Zeus qui souriait d'un air narquois.

— Du gâteau, dit-il en reprenant son souffle. La prochaine fois, trouvez-nous quelque chose d'un peu plus sérieux.

— Mais vous avez dix secondes de retard. Boum.

McClane attrapa Zeus et plongea sur le trottoir dans l'espoir de mettre le maximum de distance entre l'explosif et eux.

— Il y a une bombe dans la poubelle ! hurla-t-il en atteignant le sol.

Il se couvrit la tête des mains et attendit. Une seconde passa, une autre, puis une troisième. Il releva la tête. Les gens les regardaient, Zeus et lui, en passant devant eux. Il savait ce qu'ils pensaient : encore deux timbrés. Les rues en étaient pleines. Il en fallait beaucoup pour choquer les New-Yorkais. Deux fous allongés sur le macadam et hurlant à la bombe... pas de quoi arriver en retard à son boulot.

McClane se redressa en soupirant, jeta un coup d'œil à la camionnette en se demandant si Lambert et les autres avaient apprécié le spectacle. Quant à Jack... Jack...

Le combiné pendait à son fil et l'on entendait à l'intérieur retentir le rire de Jack.

— Oui ?

— Je n'ai pas dit : « Jacques a dit... » ricana le terroriste.

McClane serra les dents pour ne pas répondre

des insanités. La bombe risquait toujours d'exploser. Il ne voulait pas donner à Jack une bonne raison pour la laisser sauter.

— Il est dix heures moins dix. La rame numéro trois va passer sans tarder.

McClane tendit le cou pour regarder dans les grilles de ventilation. Les quais grouillaient de passagers. Un train s'arrêtait sur la voie express, pile à l'heure.

— J'ai laissé un petit quelque chose d'assez redoutable dans cette rame, John. Jacques a dit de vous rendre à la cabine téléphonique près du kiosque de la station de Wall Street pour dix heures vingt, sinon la rame numéro trois et ses passagers voleront en poussière. Utilisez un moyen de transport qui n'est pas à la portée des civils et je fais tout sauter. Essayez de faire évacuer le métro, je fais tout sauter. J'appelle dans une demi-heure. Soyez-y. Salut !

Clic. Terminé.

Réfléchis ! se dit McClane en raccrochant. Qui était ce type ? Que voulait-il ? Il cligna des yeux au soleil en essayant de se mettre à la place de Jack. D'où appelait-il ? De quelque part dans les parages, certainement... a priori.

A l'évidence, il avait soigneusement préparé sa chasse dans ses moindres détails. Il connaissait même les horaires du métro, ce dont ne pouvait certainement pas se vanter l'habitué moyen. Après tout, il n'était peut-être pas seul ; il devait avoir un complice, peut-être même toute une équipe qui intervenait sur place pendant qu'il restait dans l'ombre et jouissait du spectacle.

— Traverser la moitié de la ville en une demi-heure le matin aux heures d'affluence ? Il nous en faudra le double. Et on n'a même pas de voiture !

Zeus avait l'art de résumer la situation.

Jack leur avait fait parcourir la moitié de Manhattan vers le nord pour maintenant les expédier à l'autre bout vers le sud. Voilà deux fois qu'il avait envoyé McClane au casse-pipe pour l'en tirer à la dernière minute. A l'évidence, il voulait continuer à jouer avec lui. Il devait compter sur la possibilité que McClane rattrape la rame numéro trois qui filait vers Wall Street. C'était le seul moyen d'y parvenir à temps.

— Taxi !

McClane sauta par-dessus la balustrade de protection qui encerclait la station. Il produisit sa plaque auprès d'un taxi vide arrêté à un feu rouge.

— Police ! cria-t-il par la fenêtre. Je réquisitionne ce véhicule pour les besoins d'une enquête, monsieur.

Le chauffeur leva sur McClane un regard ébahi puis secoua désespérément la tête. La circulation reprenait. Et si ce type ne comprenait pas l'anglais ? McClane ouvrit la portière, le saisit par la manche et le tira dehors malgré ses protestations. Pendant ce temps, Zeus avait fait le tour pour s'asseoir à la place du passager.

— La police vous en saura gré ! cria McClane. Bonne journée.

Quand il démarra, le chauffeur tambourinait à la portière en les invectivant dans une langue inconnue.

— C'est commode, observa Zeus. Tu montres ta plaque, tu prends la voiture. Figure-toi que j'ai fait le taxi, moi aussi, et...

McClane accéléra, effectua un demi-tour qui les fit déraper à travers le carrefour de Broadway.

— Qu'est-ce que tu disais ?

Ils grillèrent un feu rouge et s'engagèrent à l'est par la 72e Rue.

— Je disais que j'ai fait le taxi, reprit paisiblement Zeus en attachant sa ceinture, et que la Neuvième Avenue est la voie la plus rapide pour aller vers le sud. Mais j'ai l'impression qu'on se dirige vers l'est.

McClane jeta un coup d'œil dans le rétroviseur. La camionnette avait réussi à les suivre, séparée d'eux par quelques voitures. Il grilla un autre feu à Columbus Avenue et faillit se faire emboutir par un bus qui débouchait.

Le conducteur se coucha sur son klaxon et Zeus laissa échapper un hurlement de terreur.

— Tu vas où, McClane ? Je te dis que la Neuvième Avenue est la voie la plus rapide vers le sud !

— Je sais ce que je fais.

Le compteur indiquait cent trente.

— Même Dieu ne sait pas ce que tu fais, siffla Zeus. On va vers l'est !

— Je sais.

— Wall Street est au sud !

— Arrête de crier.

McClane ralentit. Pour le moment, ils dépendaient l'un de l'autre. Or, il n'avait jamais eu beaucoup de chance avec ses partenaires. Pourvu qu'il n'en soit pas de même cette fois ; d'autant que Zeus faisait de son mieux pour l'aider. Après tout, il n'avait pas demandé à se lancer dans cette aventure. On l'avait enrôlé de force. Il méritait peut-être un peu de reprendre son souffle.

McClane lui adressa un large sourire.

— La meilleure route vers le sud n'est pas la Neuvième Avenue mais le parc.

Il fit un écart pour éviter un groupe de touristes japonais et passa en trombe le Dakota, le massif immeuble centenaire où John Lennon s'était fait assassiner. Le carrefour entre la 72e Rue et Central Park se trouvait à une centaine de mètres devant eux, bloqué par deux camions coincés l'un derrière l'autre.

— Et merde ! marmonna Zeus.

McClane redressa son volant sans lever le pied

pour autant. Il disposait environ d'un centimètre de chaque côté pour foncer entre les voitures. On entendit le bruit caractéristique du métal éraflant d'un côté l'arrière, de l'autre l'avant de chaque camion. Dans un jaillissement d'étincelles, il fonça vers l'entrée de Central Park.

A l'intérieur, la chaussée tournait sur la droite, offrant un petit raccourci vers le sud… si la circulation le permettait. Ce matin, la file des voitures commençait au pied de la colline et s'étendait à perte de vue.

— La route du parc est toujours embouteillée ! eut tôt fait de l'avertir Zeus.

Décidément, il s'énervait pour un rien. McClane avait un long passé de situations inextricables dont il s'était plus ou moins bien sorti. Il suffisait de faire preuve d'un peu d'imagination. Il existait toujours une solution.

La voie de gauche était traditionnellement réservée aux promeneurs, donc interdite aux voitures. Pendant les week-ends, elle servait de piste d'aérobic. On traversait à ses risques et périls. Même en ce moment, en pleine semaine, elle était pleine de joggeurs, de cyclistes et de patineurs qui semblaient faire la course.

Il donna un coup de volant vers la gauche et franchit le trottoir qui séparait la voie de gauche de la route. Deux jeunes femmes aux longues jambes, vêtues de minuscules shorts multicolores, sautèrent de côté en poussant des cris d'indignation devant cette invasion de leur espace. La plus grande lui rappela Holly. Même couleur de cheveux, même coupe, même ardeur à le traiter de tous les noms.

Il jeta un coup d'œil dans le rétroviseur. Walsh avait tenté la même manœuvre mais la camionnette n'avait pu monter sur le trottoir. Adieu les gars. On se retrouvera plus tard.

— Je n'ai pas dit la route du parc, j'ai dit le parc ! cria-t-il à Zeus.

Ce dernier paraissait complètement anéanti.

Ils arrivaient près de Sheep Meadow, prairie clôturée avec vue spectaculaire sur la ville basse, peuplée d'amateurs de soleil, de passionnés de cerf-volant et de familles qui préféraient cet endroit où la nature était un peu mieux préservée. McClane vira sur la droite dans une ultime tentative pour ne pas s'écraser contre la barrière. Ils la heurtèrent latéralement, continuèrent tout droit et débouchèrent dans l'herbe.

Il braqua sur la droite pour éviter un groupe de lycéens qui semblaient échappés de Woodstock, serpenta entre deux sans-abri en train de vider des poubelles, à la recherche de bouteilles et de boîtes recyclables. Il ne remarqua le rocher qui pointait au milieu de la prairie qu'au moment de monter dessus. La voiture bascula dangereusement sur le côté mais passa et retomba droite sur ses quatre roues.

Agrippé à son siège, Zeus murmurait une prière. Dès l'instant où il avait aperçu McClane dans la rue, il s'était douté qu'il avait affaire à un fou. Maintenant il en était certain. Il n'avait jamais vu quelqu'un conduire comme ça, même pas dans les films. Cet énergumène de flic se prenait pour un cascadeur !

Il vit avec horreur un jeune homme attraper son Frisbee et manquer de se faire emporter par la même occasion. Un mime en costume de clown s'interrompit dans son exercice en apercevant le bolide qui lui fonçait dessus et dériva à la dernière seconde dans un buisson.

— Tu veux absolument faire un carton ? demanda Zeus.

— Non.

Il jeta un coup d'œil dans le rétroviseur, se mit à rire :

— Mais ça va peut-être venir.

Pourvu que Zeus ne perde pas son calme, parce qu'ils venaient de manger leur pain blanc. Il lui restait à franchir le muret de pierre qui encerclait le parc et à pénétrer en un seul morceau dans la partie sud de Central Park. Une voiture ailée y parviendrait sans peine, la Batmobile, par exemple, ou l'un des véhicules gadgets de James Bond 007.

Mais dans la vie réelle, on devait se contenter du plancher des vaches duquel, en l'occurrence, s'égaillait un vol de pigeons soucieux de se mettre à l'abri. Un seul demeura en arrière, perché sur l'un des rochers que le concepteur du parc avait laissé en place lorsque le plus grand jardin de New York avait été dessiné. McClane regarda le pigeon ; le pigeon le regarda.

La provocation était trop tentante. McClane poussa ses roues avant aussi loin qu'il le put sur le rocher. L'oiseau s'envola aussitôt. McClane le suivit, se servant du rocher comme d'un tremplin pour décoller et franchir le muret ; il atterrit sur le capot d'une voiture garée juste de l'autre côté.

Ils se retrouvèrent en pleine circulation sur la chaussée en contrebas.

— Comment les catholiques font ce truc-là, déjà ? demanda Zeus tranquillement.

McClane sourit.

— Nord, sud, ouest, est.

Suivant ses instructions, Zeus traça un signe de croix.

— Il nous reste combien de temps ? s'enquit McClane.

Zeus consulta sa montre.

— Vingt-sept minutes.

McClane poussa une exclamation de triomphe.

— Donc trois minutes pour se rendre du carrefour de la 72e Rue et de Broadway jusqu'à Central Park South, aux heures d'affluence ! Tu peux enregistrer ça dans le livre des records.

Zeus en avait encore mal au cœur. L'excitation de McClane lui semblait disproportionnée, étant donné qu'ils se retrouvaient bloqués dans un embouteillage.

— Ah oui ? dit-il en montrant l'amas de voitures devant eux. Et ça, alors ?

Voitures et autobus avançaient à une vitesse d'escargot. Jusqu'aux cyclistes qui semblaient avoir du mal à se faufiler.

— Il nous faudrait un camion de pompiers, maugréa-t-il d'un ton las.

McClane regardait devant lui.

— Pas un incendie à l'horizon.

— Pour le suivre, précisa Zeus.

Voilà deux fois que son ingéniosité les tirait d'affaire. Ce type aurait dû entrer dans la police.

— Vu ! lança McClane.

Il alluma la C.B. du taxi et fourragea impatiemment parmi les boutons jusqu'à tomber sur la longueur d'ondes de la police.

— Police de New York, annonça l'opératrice. Puis-je vous aider ?

— Lieutenant John McClane, numéro d'identification 7479. J'appelle d'un émetteur civil. Passez-moi les urgences.

Il compta les secondes. Une, deux... Il entendit la sonnerie du téléphone puis la voix d'une autre opératrice.

Il n'eut pas de mal à faire passer son impatience dans sa voix et le mensonge suivit d'autant plus facilement :

— Deux agents abattus à l'angle de la 40e Rue et de la Neuvième Avenue. Une ambulance. Vite !

Il passa le micro à Zeus.

— Les appels d'urgence du quartier sont répercutés vers l'hôpital Roosevelt. A deux rues d'ici.

Ils avancèrent vers le carrefour, se retrouvèrent bloqués par deux voitures. Ils étaient à hauteur de la fontaine dédiée à Christophe Colomb qui se dressait à l'entrée sud du parc. McClane décida de passer outre. Il avait une ambulance à rattraper, un train à prendre à Wall Street. Il appuya sur l'accélérateur et franchit la ligne médiane. Le taxi heurta la base de la fontaine, donna de la bande en traversant Broadway et vira sur la droite pour se diriger vers l'hôpital Roosevelt par la 57e Rue.

Il arriva pile poil. Toutes sirènes hurlantes, une ambulance jaillissait de l'hôpital et prenait sur la droite dans la Neuvième Avenue. McClane s'accorda une seconde de joie en lui emboîtant le pas vers le sud.

Zeus devait reconnaître que cette initiative avait brillamment réussi. S'il existait une chose à laquelle les New-Yorkais prêtaient attention, c'était le hurlement d'une sirène les priant de faire place. Tout le long de la Neuvième Avenue, les voitures s'écartèrent et la circulation des rues latérales s'arrêta net. L'ambulance passa tous les feux rouges qui se présentaient, ouvrant la voie à Zeus et à McClane qui fonçaient à sa suite.

Le compteur passa rapidement du soixante-cinq au quatre-vingts puis au quatre-vingt-quinze. Quand ils atteignirent le cent vingt, Zeus ne détachait plus ses yeux de la chaussée. C'était mieux qu'à Indianapolis !

— Tu as vu ça ? s'écria McClane en traversant la 22e Rue. Deux coups de trompette et tu te retrouves d'un seul coup au bout d'un secteur.

— Tant qu'à faire, on aurait pu les expédier directement à Wall Street, objecta Zeus.

— Non. Les appels d'urgence au sud de la 14e Rue sont dirigés vers un autre hôpital.

McClane gratifia son voisin d'un sourire ravageur.

— Tu es bon en maths ? Moi c'est la circulation.

A hauteur de la 14e Rue, l'ambulance s'arrêta et plusieurs infirmiers en sortirent d'un bond et se répandirent à travers la rue bordée de magasins, à la recherche des agents blessés qu'on leur avait signalés.

McClane vira à droite pour les éviter, passa le carrefour et tourna à gauche. A partir de ce point, les rues jusque-là sagement alignées s'en allaient un peu dans tous les sens. La Neuvième Avenue changeait brusquement d'identité pour devenir Greenwich Avenue. McClane traversa la 14e Rue en accélérant.

— Quelle heure ? demanda-t-il.

— Dix heures deux. On est à mi-chemin et il nous reste dix-huit minutes.

— Et on se tape de nouveau les embouteillages.

Il chercha mentalement un chemin de traverse mais la station de Wall Street se trouvait à l'est, au bout d'un dédale de petites voies entrelacées qu'ils ne pourraient jamais franchir dans le temps imparti, même derrière une armée d'ambulances. Il ne lui restait qu'une solution, risquée, mais la seule qui pouvait marcher.

— Putain !

Ça devait marcher. Obligatoirement. Il ne lui restait pas d'autre carte en main.

Il freina si brutalement que Zeus fut projeté contre le tableau de bord.

— Quoi encore ? maugréa-t-il.

Heureux d'avoir pu s'agripper à sa ceinture qui l'avait empêché de se faire éjecter à travers le pare-brise.

McClane était déjà dehors.

— On doit être en avance sur ce métro...

D'un seul coup, Zeus s'aperçut qu'ils étaient arrêtés le long du trottoir qui donnait sur l'entrée de la station située entre la 14e Rue et la Septième Avenue. Il savait à quoi pensait McClane mais refusait d'y croire.

— Tu ne vas pas... !

— Si ! Tu réponds au téléphone à dix heures vingt. Je me charge de la bombe. Si tu n'arrives pas à temps, je te couvre, si je n'arrive pas à temps, c'est toi qui me couvres.

— Et si on échoue tous les deux ?

— On est foutus.

McClane fonça vers la station.

— Vas-y.

Zeus détacha sa ceinture, se glissa à la place du conducteur et regarda son compagnon disparaître.

— Mon plus beau jour de poisse, grommela-t-il.

Il se retrouvait au temps où il avait été chauffeur de taxi. Il consulta sa montre. Qu'ils aillent se faire foutre, Jack autant que McClane ! Maintenant, il lui restait moins de dix-huit minutes pour arriver à Wall Street.

5

McClane se rua dans l'escalier. Il atteignit le quai juste à temps pour voir se fermer les portes de la rame numéro trois.

— Merde ! cria-t-il.

L'exclamation frappa les oreilles de deux religieuses qui venaient de descendre du train et passaient les tourniquets.

Il revint aussi vite sur ses pas et déboula dans la Septième Avenue qu'il remonta jusqu'à trouver une grille de ventilation à même le trottoir. Holly devait avoir raison, se dit-il en soulevant la trappe. Il devenait trop vieux pour ce genre d'exercice. Il sauta de quelques mètres dans le tunnel pour atterrir à quatre pattes et sourit dans l'obscurité quand il comprit qu'il se trouvait exactement où il le souhaitait : sur le toit de la rame qui venait de quitter la station.

A moins qu'il ne se trompe sur toute la ligne... Si les chats avaient neuf vies, lui était peut-être bon pour deux chances supplémentaires.

Il se laissa glisser sur la paroi latérale, envoya un coup de pied dans la fenêtre du conducteur et se faufila dans sa cabine pour venir se poser en douceur juste sur ses genoux. Le type s'éveilla en poussant un cri de terreur.

Dégoûté, McClane secoua la tête. Il y en avait

vraiment qui dormaient au volant. Il brandit sa plaque au nez du conducteur et fut récompensé d'un bâillement.

— Tu peux te rendormir, dit-il.

Puis il se précipita dans le premier wagon, à la recherche d'un paquet suspect, du « petit quelque chose d'assez redoutable » dont avait parlé Jack.

Compte là-dessus ! songea McClane. C'est moi qui vais gagner la partie, quoi que tu fasses.

Tribeca. Le petit nom du « Triangle Below Canal ». Zeus n'était plus descendu si bas en ville depuis qu'il avait ouvert sa boutique. Ce qui devait remonter à... bon sang, six ou sept ans, maintenant. Ça n'avait pas beaucoup changé, depuis. Les entrepôts abandonnés continuaient de voisiner avec les restaurants excentriques et les lofts exorbitants qu'occupaient artistes à la mode, metteurs en scène de théâtre et de cinéma. Les tours jumelles du World Trade Center se dressaient devant lui, de plus en plus claires sur le ciel bleu à mesure qu'il s'approchait de la partie la plus ancienne de la ville.

Il avait toujours détesté ce métier de chauffeur de taxi. Ces pauvres types représentaient une proie sans défense pour le premier drogué venu, armé d'un couteau ou d'un revolver, à la recherche d'un peu de monnaie. Ils ne pouvaient espérer s'en faire beaucoup : les meilleurs jours, Zeus ne gagnait guère plus de cent dollars. Il avait tellement mal au dos, à force de rester assis derrière son volant des douze heures d'affilée, que le soir il devait dormir à même le sol pour éprouver un quelconque soulagement.

S'il n'avait été volé qu'une fois, il en allait autrement pour les misérables pourboires qu'on lui laissait sur de longues courses ou encore lorsque ces messieurs en costume trois-pièces, ces dames en manteau de fourrure vomissaient tripes et boyaux sur la banquette arrière et ne lui offraient que le privilège de nettoyer après leur passage.

Il pouvait se vanter d'en avoir vu des vertes et des pas mûres, de quoi en remontrer à ce flic de McClane sur les mœurs de sa ville.

Il avait repris Broadway d'où il descendrait directement sur Wall Street. Il venait de passer Reade Street lorsqu'il dut freiner en catastrophe à hauteur du parc du City Hall. Un énorme camion à remorque enjambait tout le carrefour. Zeus fut bien obligé de patienter, le temps que le lourd véhicule ait achevé ses interminables manœuvres. De précieuses secondes s'écoulèrent ainsi. Il ne lui restait désormais que six minutes avant que Jack appelle. Jamais il ne se pardonnerait de manquer ce rendez-vous.

Ce ne fut qu'en percevant une voix dans son cou qu'il se rendit compte que quelqu'un venait d'ouvrir la portière pour prendre place à l'arrière.

— 112 Wall Street!

Zeus fit volte-face pour découvrir un Blanc en costume et cravate malgré la chaleur, exactement le type d'homme d'affaires arrogant qu'il avait tellement détesté en son temps.

— Attendez! Vous n'êtes pas dans un taxi, là!

L'autre s'éventait paisiblement avec son *Wall Street Journal*.

— Vous avez allumé votre signal « Libre », répondit-il sèchement. Alors c'est simple: 112 Wall Street ou je fais sauter votre licence.

Ayant ouvert son journal, il l'abaissa pour regarder son chauffeur dans les yeux:

— Vous n'aimez pas les Blancs, peut-être?

Zeus sentit la moutarde lui monter au nez tandis que son client se plongeait dans sa lecture. Bon, il avait laissé sa lumière allumée mais, si l'homme y avait regardé de plus près, il aurait pu constater que la fiche d'identité du chauffeur plaquée sur le tableau de bord, comme l'exigeait la loi, présentait la photo non d'un bel Afro-Américain à la peau sombre mais d'un Russe livide, aux yeux délavés, du nom de Vladimir. Enfin, ce n'était pas le moment de discuter avec M. Costume-trois-pièces.

— 112 Wall Street? répéta-t-il. On y va!

Ça, il allait la lui offrir sa course jusqu'à son bureau... une course que cet enfoiré n'oublierait pas sa vie durant.

Le métro fonçait dans le tunnel en direction de Wall Street. McClane compta les arrêts qui le séparaient encore de sa station, Chambers Street, Park Place, Fulton Street, tout en parcourant les wagons les uns après les autres, à la recherche de la bombe de Jack. A cette heure, il n'y avait plus trop de monde, la plupart des gens qui travaillaient dans le centre des affaires, dans les tribunaux et autres agences gouvernementales devant commencer à neuf heures et demie dernier carat. Il était dix heures passées.

Les passagers étaient trop absorbés par leurs romans de poche ou leurs journaux pour faire attention à cet homme pressé. Deux avocates, portant à peu près le même tailleur noir, le même collier de perles, les mêmes escarpins, tirèrent sur leurs jupes en le fusillant du regard quand il plongea pour regarder ce qui se passait sous leur siège.

Pardon, mes chéries, se dit-il, mais j'ai à faire. D'ailleurs, elles n'étaient pas son genre. Trop sérieuses, trop sévères. Holly, au moins, savait rire. Avant. Qui sait si, désormais, elle n'était pas devenue comme ces deux-là, sinistre, persuadée que tous les hommes étaient des salauds?

Mais non! Qu'allait-il chercher? Rasséréné, il leur décocha un clin d'œil et fila vers le wagon suivant. Holly était trop intelligente pour ça. Il la connaissait bien. Même si lui était effectivement un salaud... Enfin, elle n'allait pas étendre un cas particulier à l'humanité tout entière.

*
*   *

L'extrémité de Manhattan était étroite et difficile à négocier. Il y avait là trop de gens concentrés dans trop peu d'espace, les rues n'étaient pas assez larges pour laisser passer le soleil entre les gigantesques gratte-ciel. Zeus évitait ce quartier autant que faire se pouvait. C'était un secteur strictement réservé aux Blancs, où avocats et agents de change passaient leurs journées à imaginer comment garder toute la richesse concentrée dans leurs petites mains avides.

Ce devait être aussi l'existence de M. Costume-trois-pièces, dont les commentaires acides sur la conduite de Zeus avaient fait place à de pathétiques gémissements chaque fois que son taxi grillait des feux, escaladait les trottoirs et se faufilait en dérapage contrôlé à cent à l'heure parmi les autres voitures.

Même s'il le sentait haleter et se liquéfier peu à peu sur sa banquette, Zeus avait presque oublié sa présence quand ils arrivèrent à Wall Street. Sans autre forme de procès, il abandonna son véhicule au bord du trottoir et fonça dans l'escalier de la station de métro.

Merde. Pas de jeton. Arrive, McClane, pria-t-il intérieurement. Néanmoins, il sauta gracieusement par-dessus le tourniquet.

Un jeune vigile, qui surveillait d'un œil torve les allées et venues des quelques passagers, en avala son beignet.

— Hé ! cria-t-il en lui donnant la chasse.

Zeus ne lui accorda même pas un regard. Le

téléphone... où se trouvait ce foutu téléphone ? La pendule murale indiquait dix heures dix-huit. Ça va, on se calme, se dit-il. Il traversa le quai en se répétant : Deux minutes, encore deux minutes. Il faut trouver... le téléphone... là ! Et juste devant, un yuppie en train de chercher de la monnaie dans sa poche.

Zeus osa un nouveau regard vers la pendule : dix heures dix-neuf. Il arrivait ce fichu express ? A moins qu'il ne soit déjà reparti... Dans ce cas, où était passé McClane ?

Il avait presque atteint le bout de la rame quand il consulta sa montre : dix heures dix-neuf. Ils n'étaient pas à plus d'une minute de Wall Street. Le paquet devait se trouver là, caché dans l'un des deux derniers wagons. Il comptait sur le fait que Zeus attendait devant le téléphone à l'heure qu'il était. Mais Jack ne serait content que si tous les deux se présentaient à son rendez-vous. Il devait donc absolument dénicher cette bombe pour le cas où Jack appellerait Zeus avant l'arrivée du train dans la station.

Malgré l'air conditionné, de longues gouttes de sueur lui coulaient dans le dos, achevant de détremper sa chemise. Il ouvrit la porte du fond et reçut au passage une fétide bouffée de l'atmosphère du tunnel. Abordant un virage, le wagon pencha légèrement sur le côté. Un rat détala des rails. S'agrippant au garde-fou, McClane se glissa dans le dernier wagon.

Ce ne fut qu'au milieu qu'il repéra enfin ce qu'il cherchait, la petite carte de visite de Jack fichée sur un crochet mural au-dessus d'une affiche vantant les talents d'un médecin spécialisé dans les lobes d'oreille déchirés.

Inconscient des regards posés sur lui, il se hissa

sur le siège situé sous l'affiche pour mieux examiner l'engin. C'était le même genre de bombe que celle qu'il avait vue dans le bureau de Cobb, deux tubes, l'un empli de liquide rouge, l'autre de liquide transparent. Précautionneusement, il le détacha du mur et descendit de son perchoir. Il préférait ne pas songer qu'à cet instant précis Jack était peut-être en train d'appuyer sur le bouton de la télécommande qui allait tout faire sauter. Très lentement, il se rendit au fond du train, décidé à se débarrasser de la bombe avant qu'elle se débarrasse de lui.

Zeus avait l'impression que les yeux allaient lui sortir des orbites à force de passer de la pendule au yuppie qui accaparait le téléphone alors qu'il n'avait toujours pas trouvé sa monnaie. Il était exactement dix heures vingt lorsqu'il sortit enfin la main de sa poche pour glisser une pièce dans la fente.

— Pardon, monsieur, j'attends un appel, risqua Zeus de sa voix la plus aimable.

— Va te faire voir, dit le yuppie.

Zeus se souvenait combien McClane s'était montré poli avec la dame de la 72e Rue.

— J'insiste, monsieur, c'est extrêmement important.

Le yuppie n'avait même pas tourné la tête vers lui.

— Ecoute, mon frère, j'étais là le premier.

— « Mon frère » ?

L'enfoiré avait vu trop de films de Spike Lee. Bien la peine d'user de politesse ! Encore trente secondes de courbettes et tout le monde s'en irait en charpie.

— Tu vas le lâcher, ce foutu téléphone ? cria-t-il.

Le yuppie ne se le fit pas répéter et raccrocha avant de battre en retraite, affolé. A cet instant, une autre voix retentit, lançant les mots que Zeus avait pourtant espéré ne jamais plus entendre de sa vie :

— Les mains en l'air !

Il se figea. Lentement, très lentement, il tourna la tête en direction de la voix. Un vigile se tenait à moins de dix pas de lui, l'arme braquée sur sa poitrine.

Zeus leva les bras. Le téléphone sonna.

— Il faut que je réponde, expliqua-t-il au jeune homme.

Deuxième sonnerie.

— La ferme et les mains en l'air ! cria le vigile.

Troisième sonnerie.

Soudain retentit le grondement d'une rame qui approchait.

Le téléphone sonna une quatrième fois.

Une balle dans la poitrine ou le cul dans les étoiles. La vie n'était qu'une affaire de choix.

— Police ! cria McClane.

Il sentait l'engin qui commençait à vibrer entre ses mains. Le liquide rouge allait s'infiltrer dans le transparent.

— Fichez le camp. Tout va sauter !

A New York, tout pouvait arriver. Les derniers passagers s'écartèrent de lui, filant vers l'avant du train.

Le liquide transparent virait au rose vif. Tendrement, comme il le ferait d'un bébé, McClane déposa le colis sur le dernier siège puis se tourna vers la porte arrière. Qui refusa de s'ouvrir. Il secoua la poignée, rien ne vint. Sa montre marquait dix heures vingt. Etait-il la victime d'une plaisanterie cosmique ? Jack rirait-il le dernier ?

Zeus comptait les sonneries. Cinq, six. Combien encore avant que Jack se lasse et fasse sauter sa bombe ? Il ne voulait pas courir ce risque.

D'une voix aussi calme que possible, il essaya de nouveau :

— Je dois à tout prix répondre à cet appel. Si vous tenez absolument à tirer, allez-y. Moi, je réponds.

Gardant une main en l'air, il baissa doucement l'autre et la tendit vers le combiné qu'il décrocha sans quitter le vigile des yeux.

Celui-ci s'approcha d'un pas.

— Où est McClane ? demanda Jack.

Bonne question. Zeus se la posait également. Quelle était la réponse adéquate ? Qu'aurait dit McClane ?

— Il arrive. Il ne court pas aussi vite que moi. Il n'a pas la forme.

Jack ne parut pas goûter la plaisanterie.

— Le règlement exigeait que vous soyez là tous les deux. J'ai peur que vous n'ayez perdu. Au revoir.

La sonnerie continue dans l'oreille de Zeus fut couverte par le grondement beaucoup plus lourd du train qui arrivait à quai. Il vit la lueur de ses phares émergeant du tunnel.

Il plongea vers le sol.

— Croyez-moi ! hurla-t-il au vigile. Par terre !

La porte ne voulait pas bouger, mais elle était en partie constituée d'une vitre. McClane se mit de profil, recula et envoya un coup d'épaule dans le panneau de verre. Il écarta le trou ainsi constitué et prit la bombe. Rassemblant toutes ses forces, il arqua le bras et envoya le colis aussi loin qu'il le put sur les rails. Puis il se jeta à terre et attendit.

Le premier wagon venait d'entrer dans la station lorsque ses roues avant heurtèrent un disque de métal noir si petit que même le conducteur le plus éveillé ne l'aurait pas remarqué. Il s'agissait d'un détecteur électronique qui brilla dans l'obscurité, sous le train. Son signal mortel atteignit la bombe alors qu'elle n'était pas encore tombée sur les rails. La détonation fut instantanée.

Zeus entendit l'explosion, une déflagration assourdissante qui retentit à travers toute la station, et il se mit en pilotage automatique. Il entraîna le vigile à l'écart, poussa le yuppie contre le mur. Puis il se couvrit la tête et implora la pitié de Dieu. Les gens hurlaient et partaient dans tous les sens, à la recherche d'une sortie alors que le dernier wagon, détaché du reste de la rame, tressautait et venait s'écraser sur le quai, se catapultant sur toute sa longueur, heurtant au passage l'escalier dans un bruit métallique tellement violent qu'il dut être entendu par-dessus l'Hudson jusque dans le New Jersey.

Un nuage de fumée âcre et grise emplissait la station. D'innombrables jets d'eau jaillirent des détecteurs de feu du plafond. Les lumières s'éteignirent, plongeant les lieux dans un noir d'encre. Les hurlements tournaient à l'hystérie, parmi les claquements des briques qui se détachaient des murs, les clameurs des sirènes de la rue. Enfin, le générateur de secours se mit en marche, offrant un éclairage blafard qui ne fit qu'ajouter à l'effroi de la scène.

L'épaisse fumée picotait les yeux de Zeus et il sentit qu'un incendie faisait rage dans le tunnel. Il se releva, tâchant de distinguer quelque chose dans l'amas de ferraille empilée sur le quai. Quelle saleté, ce Jack ! Et ce crétin de McClane, ou ce qu'il en restait, tellement suicidaire qu'il avait fini par obtenir ce qu'il voulait...

Il cligna des paupières, se frotta les yeux. Somme toute, il s'en tirait plutôt bien quand on pensait à ce qui venait de se passer ; secoué mais pas grièvement blessé. Cependant, il devait avoir pris un coup sur la tête, parce qu'il devenait la proie d'hallucinations : il avait l'impression de voir McClane, plein de sang et de suie, qui émergeait d'une fenêtre du métro.

Un cratère s'était formé dans le parc au-dessus de la station. Les rues étaient envahies de véhicules de secours. Pendant que les pompiers arrosaient la zone d'un retardant chimique pour empêcher le feu du tunnel de se propager, des infirmiers donnaient les premiers soins aux blessés, emmenant vers des ambulances les plus gravement touchés. Des agents de police avaient encerclé tout le secteur de barrières de bois pour empêcher l'inévitable foule des curieux qui désirait s'approcher autant que possible du désastre. Des reporters de tous les médias imaginables criaient leurs questions à ceux qui émergeaient de la station.

La deuxième explosion de la matinée, celle-ci à Wall Street, cœur financier de l'Amérique, constituait une information de première importance. Toute la presse espérait s'entendre confirmer que les deux bombes provenaient de la même origine. Cobb avait promis de virer le premier qui adresserait ne serait-ce qu'un signe de tête aux journalistes. Pas un mot de quiconque. Point final.

Les photographes chevronnés reconnurent McClane, lorsque celui-ci apparut, accompagné de Zeus. Aussitôt, il fut assailli de curieux qui lui demandaient une déclaration, mais il écarta ses assiégeants d'un geste du bras. Une équipe de secouristes vérifia qu'il n'avait rien de cassé puis lava et banda ses blessures. Il refusa de se rendre à l'hôpital le plus proche pour s'y faire radiographier et coinça Lambert en lui demandant un rapport sur les blessés.

— Quelques traumatismes, un vieux dont le stimulateur cardiaque a cédé, une fille enceinte qui a perdu les eaux. C'est tout. Tu as accompli un miracle, Johnny.

McClane se renfrogna.

— C'est bien ça l'ennui. L'aspect miraculeux de la chose. Tu n'as jamais participé à un jeu aux dés pipés ?

Zeus secoua la tête, l'air excédé.

— Il t'a fallu attendre quarante ans, pour ça ? Les Blancs, je te jure !

— Je ne rigole pas. On avait combien de chances de s'en sortir ? Zéro. Cette bombe devait sauter. Il l'avait programmée pour ça... juste ici.

— Dans le métro ? demanda Lambert.

Le bruit de l'explosion toujours dans les oreilles, McClane contempla le cratère.

— Il y a quelque chose qui cloche.

— Lieutenant McClane ?

Un agent s'approchait de lui.

— L'inspecteur en chef Cobb veut vous voir.

Il désignait une camionnette garée à droite de la station.

— Là-bas.

« DÉMÉNAGEMENTS SAMSON », indiquait le logo de la carrosserie. McClane dévisagea les deux hommes en bleu de travail et lunettes noires qui discutaient avec son chef direct. Si c'étaient des déménageurs, lui s'appelait Marilyn Monroe. Quand les gens du FBI comprendraient-ils qu'ils feraient mieux de commencer par abandonner le look « propre sur soi » des années 50 s'ils voulaient passer inaperçus ?

Il fit signe à Zeus de le suivre et rejoignit son patron. Cobb les fit entrer dans la camionnette où les attendaient deux autres types propres sur eux, en costard-cravate.

— John, voici Andy Cross, du FBI, et Bill Jarvis, de...

— D'une autre agence, coupa Jarvis. Ravi de vous connaître.

— Lieutenant McClane et M. Carver, annonça Cobb pour achever les présentations.

Comme ils échangeaient des poignées de main, McClane aperçut au fond de la camionnette, un troisième type, un peu plus âgé. Comme ceux du dehors, il portait des lunettes noires et feuilletait un magazine sans le regarder, la tête tournée vers les nouveaux arrivants.

— Nous avons quelques petites questions à vous poser, annonça Cobb en souriant.

On se serait cru à un bridge entre amis.

Il produisit la photo en couleurs d'un homme aux joues creuses, aux cheveux rares et noirs, debout devant une belle jeune femme.

— Tu connais cet homme ?

McClane fit non de la tête.

— Ou celui-ci ?

La deuxième photo semblait avoir été prise dans un café ou un restaurant, sans doute au téléobjectif. Elle représentait un homme d'âge moyen, vraisemblablement européen, aux cheveux clairs, aux traits aristocratiques, souriant à quelqu'un en dehors du champ, mais d'un sourire crispé ; les rides autour de sa bouche soulignaient la sévérité de son attitude et ses yeux n'exprimaient qu'une totale froideur.

— Et vous ? demanda Cross à Zeus.

Devant sa réponse négative, il reprit, à l'adresse de McClane :

— Vous n'auriez pas reconnu sa voix ?

Comme s'il risquait d'avoir omis de signaler ce détail ! Ces types ne servaient qu'à gâcher l'argent du contribuable.

— Si, c'était Buffalo Bob, lâcha-t-il d'un ton exaspéré.

Cross et Jarvis échangèrent un regard et celui-ci reprit l'interrogatoire :

— Avez-vous eu l'impression d'être suivi, ces derniers temps, ou surveillé d'une façon ou d'une autre ?

— Il y avait bien cette poulette qui...

Les deux types se rapprochèrent et McClane se rendit compte qu'ils l'écoutaient le plus sérieusement du monde.

— C'est fini, ces simagrées ? s'écria-t-il. Vous jouez à quoi, là ? Qu'est-ce que vous savez, au juste ?

Les deux agents échangèrent de nouveau un long regard plein de sous-entendus.

Puis Jarvis menaça :

— Nous avons lu votre dossier, lieutenant. On nous avait promis que vous sauriez vous montrer coopératif.

Cobb intervint sans laisser le temps à McClane de répondre.

— Il l'est. Mais si vous voulez que nous vous communiquions des informations, il faudrait nous renvoyer un peu l'ascenseur.

— Nous voulons d'abord entendre ce qu'il sait, rétorqua Cross.

McClane leva les mains.

— D'accord, d'accord ! Ça va.

Cross eut un large sourire, comme s'il savait depuis le début que McClane était prêt à coopérer.

— On a affaire à un fou qui pose des bombes, commença McClane. Il s'appelle Jack, il parle allemand, il en sait un paquet sur les explosifs, il se fout de l'argent et, pour une raison que j'ignore, il m'en veut à mort. Ça va ? Vous êtes contents comme ça ?

Ils avaient l'air tout sauf contents... Cross ne souriait plus du tout. Mais il avait obtenu ce qu'il voulait. Jarvis jeta un rapide coup d'œil vers le type derrière eux qui hocha imperceptiblement la tête.

Permission accordée.

— Sur la première photo, on a Mathias Targo, un ex-officier hongrois, expert en explosifs. Nous pensons qu'il travaille maintenant pour les Iraniens.

— Comment ça ? demanda Cobb.

— En free-lance, bien sûr. Terrorisme. Sur contrat.

McClane montra la femme debout près de Targo.

— Et cette fille-là ?

— Sa moitié. On ne connaît que son prénom, Katya. Il paraît que les Israéliens ont voulu piéger leur lit. Lui n'était pas là mais ils pensent qu'ils l'ont eue, elle.

« Celui de l'autre photo était un obscur colonel d'Allemagne de l'Est, à la tête d'une unité d'infiltration. Dans le genre de ce que les nazis ont essayé de faire pendant la bataille des Ardennes : des troupes parlant parfaitement l'anglais derrière nos lignes. Tout ce que nous savons sur lui provient de son dossier médical retrouvé à Berlin : il souffrirait de migraines. Il s'appelle Peter Krieg.

— Bravo ! Vous êtes les plus forts ! s'exclama McClane. Vous les tenez ! Vous avez Boris, Natacha, avec Baby Colonel, ça fait trois ! Est-ce que quelqu'un pourrait m'expliquer ce que j'ai à voir là-dedans ?

L'information s'était tarie trop vite. Il manquait encore quelque chose dans tout ce flot de paroles. Une importante pièce du puzzle qu'ils semblaient vouloir garder pour eux...

McClane désigna l'homme dans le fond de la camionnette.

— Je dois lire la réponse sur son visage ?

Celui-ci reposa son magazine.

— Est-ce que le nom de Gruber vous rappelle quelque chose, lieutenant ?

McClane se raidit. Gruber. Ce salopard. Jamais il n'oublierait Hans Gruber... ni l'image de son corps dégringolant du haut de la tour Nakatomi.

— Ça me dit quelque chose, admit-il. Pourquoi?

Cobb donna un coup de coude à Walsh. Qui était-ce, ce Hans Gruber?

— C'était lui, l'immeuble de Los Angeles, souffla l'inspecteur.

— Peter Krieg est né Jakob Peter Gruber, expliqua le type du fond, c'était le frère de Hans Gruber.

Pas possible, ils se fichaient de lui! C'était de l'histoire ancienne. Ils croyaient vraiment que Jack avait volé ce tas d'explosif et lui courait aux trousses à cause de ce qui était arrivé à son frère?

— Eh oui! continuait Cross. Il s'agit bien de cet incident à Los Angeles. Nous pensons qu'il a juré d'envoyer McClane à la morgue.

Celui-ci allait lui dire qu'ils se trompaient sur toute la ligne quand la secrétaire de Cobb passa une tête dans la camionnette et tendit un téléphone cellulaire à son patron.

— C'est lui, chef.

— Vous ne lui avez pas dit avec qui on était, j'espère?

Elle prit un air offensé.

— Bien sûr que non!

Comment osait-il seulement en douter?

Ce fut Cross qui prit l'appareil.

— Bon.

Il le posa sur un support relié à un haut-parleur, appuya sur un bouton et fit signe qu'il était prêt.

Cobb prit la ligne.

— Jack?

La voix du terroriste emplit la cabine:

— Inspecteur, qui sont ces gens du FBI avec vous? Voyons... il y a certainement Cross. Salut, Andrew!

Cross jeta un regard impuissant au type du fond qui haussa les épaules en soupirant.

— Salut ! répondit Cross au téléphone.

Jack rit doucement.

— Je sais que vous ne sortez jamais seul. Salut, Bill. Toujours à jouer les tantouses, les lunettes à la bouche ?

Furieux, Jarvis sortit vivement la branche qu'il mâchonnait.

Jack éclata de rire pour s'interrompre presque aussitôt.

— Comme on dit, c'est là que l'affaire se corse.

Il avait perdu son ton guilleret.

— J'ai posé une tonne d'explosif dans l'une des mille quatre cent quarante-six écoles de New York. L'explosion est programmée pour trois heures de l'après-midi, très exactement.

Aucun des assistants ne dit mot. C'était trop énorme. L'abominable tragédie qui se profilait leur semblait proprement insoutenable. Le pire étant que personne ne doutait de la sincérité de Jack.

— Merci, ricana celui-ci. Votre silence indique que je me suis bien fait comprendre.

— Vous avez parlé d'une tonne ? bégaya Cobb.

— Oui. Ne m'interrompez plus.

Cobb virait à l'écarlate tandis que le terroriste continuait :

— Jacques a dit, si vous essayez de faire évacuer les écoles, la bombe sera mise à feu par radio. Je vous préviens charitablement que vous êtes sous surveillance. Je répète : une école sera détruite à quinze heures précises, à moins que...

Il se tut, laissant planer le suspens.

Décidé à ne pas perdre la face devant les fédéraux, Cobb s'efforça de poser une question :

— A moins que ?

— A moins que John McClane et son meilleur

ami tout neuf ne remplissent la tâche que je vais leur assigner. Vous écoutez, John ?

McClane avait fermé les yeux. Il rêvait d'un verre de whisky où tinteraient des glaçons. Mais il écoutait.

— Ouais.

Que voulait-il qu'il fasse d'autre ?

— La cabine téléphonique de la dernière chance. Tompkins Square Park, vingt minutes. Allez-y à pied. Sans vous précipiter. Pour me laisser mieux profiter du pouvoir de vie et de mort que je me suis conféré sur vous. Au fait, messieurs, nous avons bénéficié d'une promotion sur les détonateurs radio, le seul ennui étant que ces maudits engins semblent correspondre aux fréquences de la police et du FBI. A votre place, j'éviterais d'utiliser mes communications radio.

— Attendez, Jack ! intervint Cobb.

Il avait raccroché aussi brusquement que d'habitude.

Un nouveau silence tomba sur l'habitacle.

— Mille kilos de cette saleté ? Mon Dieu ! gémit Cobb.

Il se tourna vers sa secrétaire :

— Appelez-moi le substitut.

— Il est en pleine conférence de presse. Il devrait arriver ici dans une demi-heure.

Cobb déglutit, le système digestif en feu.

— Bon.

Il se rabattit sur Walsh.

— Ricky, allez voir tous les responsables qui se trouvent sur les lieux. Faites-les venir ici. Tout de suite.

Walsh était déjà dehors lorsque Cobb dit à Cross :

— Vous comptez peut-être nous infliger un laïus sur la guerre des polices ?

— J'ai deux enfants à l'école de la 64e Rue,

rétorqua sombrement son interlocuteur. Qu'est-ce qu'on peut faire pour vous aider ?

— Combien d'hommes avez-vous ?

— Soixante-quinze en ville. En déclenchant le signal d'alarme, on peut en faire monter cinq cents de Washington.

— Quand ?

Cross prit un air navré :

— Quatorze heures trente, quinze heures.

Trop tard. Mais qui savait quelles surprises Jack leur réservait encore ? Un peu plus de FBI dans les alentours ne pouvait pas faire de mal.

— Faites-les venir. Seulement pour l'affaire qui nous concerne, nous allons devoir agir seuls.

Là-dessus, Cobb s'adressa directement à McClane et à Zeus :

— Tompkins Square Park se trouve à plus de trois kilomètres d'ici. Vous devriez vous mettre en route. Pas d'appel radio. Prenez mon téléphone. Quand vous aurez du nouveau, contactez-moi par le standard au 911. Bonne chance.

McClane fourra le téléphone dans sa poche.

— Merci, dit-il.

Sincère.

Tompkins Square était situé en plein East Village, ce qui représentait une marche de trois bons quarts d'heure par beau temps frais. Jack leur avait donné vingt minutes et le thermomètre devait monter à trente-trois degrés. Le frère de Hans Gruber n'était qu'un sadique. Ce qui n'avait rien d'étonnant. Ce devait être de famille.

Ils quittèrent en hâte la camionnette. Ils n'avaient pas parcouru cent mètres que McClane se demandait déjà s'il parviendrait jamais au Village. Il faisait dix fois trop chaud sur ces trottoirs liquéfiés pour y pratiquer la marche à pied, alors le jogging… Espérant se changer les idées en bavardant un peu, il lança :

— Franchement, Zeus, je suis si odieux que ça ?
— Sans commentaire !
— Je veux dire, voilà un type condamné à perpétuité pour tentative de meurtre sur un gouvernement tout entier. Alors il s'évade et risque le tout pour le tout simplement à cause de moi ?
— Qu'est-ce qui t'arrive, McClane ? Tu fais un complexe d'infériorité ?
Il fit non de la tête et tous deux trottèrent sur place en attendant que le feu passe au rouge à Maiden Lane.
— Je n'y comprends rien, maugréa-t-il, contrarié. Bon sang, je n'y comprends rien du tout.

Cobb suivit des yeux les deux hommes qui couraient à petites enjambées dans Pearl Street. Ils avaient disparu de sa vue lorsque Walsh remonta dans la camionnette, accompagné des responsables de service sur les lieux du désastre.
— Voici le coordinateur principal, M. Allen, dit-il en désignant un monsieur à cheveux blancs.
— Dans quelle branche ?
— Les transports en commun.
Cobb le salua de la tête ainsi que les autres responsables des divers groupes qui travaillaient à dégager les décombres.
— Messieurs, il nous faut prendre une décision.
Ce serait sans doute la plus importante de sa carrière.
— Nous manquons de temps pour y mêler immédiatement nos chefs respectifs. Celui qui a fait ça dit qu'il a placé une très grosse bombe dans une des écoles de New York et nous empêche d'évacuer. Mais il n'a pas dit que nous ne pouvions pas fouiller.
Il s'interrompit pour s'assurer qu'ils suivaient son raisonnement. C'étaient tous des hommes comme

lui, des gens qui avaient passé leur vie d'adulte à protéger leurs concitoyens. Ils comprenaient ce qu'une action de cette envergure impliquait si elle était lancée sans les autorisations appropriées. Ils risquaient tous leur place, mais trop de vies étaient en jeu... trop de vies d'enfants, pour hésiter.

Espérant qu'ils l'approuvaient, Cobb poursuivit :

— Je préconise que nous mettions tout le monde, je dis bien tout le monde, police, pompiers, responsables des transports en commun, jusqu'aux dames pipi sur l'affaire, pour fouiller les écoles. Immédiatement. Il y en a plus d'un millier dans cette ville et nous avons trois heures quarante-cinq minutes pour en venir à bout. Le terroriste a dit que la bombe était réglée sur nos fréquences radio, alors nous communiquerons par téléphone, sur le 911. Tous ceux qui verront un subalterne avec une radio la lui arracheront des mains s'il le faut. En outre, il faut tenir la presse éloignée aussi longtemps que possible, sinon ce sera la panique. Ai-je votre adhésion à tous ?

— Ainsi soit-il, répondit Allen sans hésitation. On s'excusera plus tard auprès des politiques. En route, messieurs. Nous avons du pain sur la planche.

Les responsables quittèrent la camionnette pour se répartir les tâches.

— Ricky, dit Cobb à Walsh. C'est vous qui allez tenir le fort pendant que nous mettrons tout en place. Avertissez tous les gens de votre équipe, Joe, Connie, Phil, tout le monde, envoyez-les au nord commencer à nettoyer les écoles. On verra plus tard pour les ronds de jambe. En route !

6

Du haut d'un toit, à dix étages au-dessus de Wall Street, Jack Gruber et Mathias Targo avaient une vue imprenable sur la station de métro. En bas, les gens avaient l'air de petits jouets de plastique qui s'égaillaient dans toutes les directions.

— Ils ont marché, annonça Jack avec un sourire ironique. Tu peux y aller.

Targo, son collègue en terrorisme, regardait les cars de police s'éloigner du lieu de l'attentat. Il alluma sa radio et lança quelques mots en allemand.

A un bon kilomètre de là, sur un quai abandonné de l'East River, une flotte de camions-bennes attendait, le moteur tournant au ralenti. Leurs conducteurs avaient été engagés par Jack et Targo. Ils avaient passé des mois dans le désert à s'entraîner en vue de cette mission et son succès dépendait en partie de leur chronométrage à la seconde près. Maintenant, au signal de Targo, ils passaient la première et quittaient le quai en file indienne en direction de Wall Street.

Les lèvres minces de Jack s'ouvrirent de nouveau sur un sourire.

— Les filets sont tendus, dit-il.

Il était très content. Son plan s'accomplissait exactement comme il l'avait prévu.

Assurés par Walsh et les autres qu'il n'y avait rien de nouveau pour le moment, les journalistes avaient plié bagage. Cependant, quelques équipes de télévision s'obstinaient, moins faciles à persuader que ces deux explosions en une matinée n'étaient que le fruit d'une phénoménale coïncidence. Avec cette concurrence acharnée, le moindre scoop signifiait une augmentation vertigineuse de l'audience. Or les explosions, particulièrement dans le métro, faisaient terriblement peur aux New-Yorkais. Ils voulaient tout de suite savoir qui, que, quoi, pourquoi. Aussi les correspondants des grandes chaînes avaient-ils reçu de leur direction l'ordre de ne pas s'en aller sans une déclaration susceptible de charmer les oreilles de leurs auditeurs.

Walsh les comprenait mais lui aussi avait ses ordres.

— Il n'y a rien à voir, messieurs. Circulez.

Tous les reporters parlaient à la fois, dans un désordre de questions qui se répercutaient.

« Pas d'indice ? Pas de revendication ? Avez-vous appelé le FBI ? Confirmez-vous que ceci n'a rien à voir avec la bombe du Bonwit ? »

— Tout ce que je peux vous dire c'est que nous nous en occupons et que vous devez dégager.

Personne ne bougea. Alors il croisa les bras et secoua la tête, l'air buté. Rien à dire. Ils ne lui tireraient pas un mot de plus, ni d'aucun des enquêteurs.

Tous les employés en uniforme de la ville présents sur les lieux s'étaient rassemblés loin des oreilles indiscrètes pour recevoir les ordres de Cobb.

Il retraça brièvement les faits puis leur exposa la dernière menace de Jack.

— Je répète, expliqua-t-il devant la foule des visages blancs, noirs et jaunes assemblés devant lui. Tout le personnel, autrement dit les vigiles des transports en commun, la brigade fluviale, les forces de sécurité des aéroports, les pompiers... tout le monde. Nous devons fouiller toutes les écoles de la cave au grenier. Discrètement, en tenue civile. Surtout, pas d'uniformes. Parce que, si la presse ou n'importe qui s'en aperçoit, c'est la catastrophe. A côté de ça, la panne de courant de 1976 aurait l'air d'une promenade de santé.

Ils marquèrent leur approbation. Nombreux étaient ceux qui savaient d'expérience ce qui se produisait quand une foule cédait à la panique. Cela ne faisait que compliquer leur tâche. Cette mission était certainement l'une des plus ardues auxquelles ils aient été jamais confrontés, particulièrement pour ceux qui avaient des enfants à l'école.

Leurs responsables leur avaient déjà communiqué leurs affectations. Ils avaient hâte de se mettre en route. Cobb les regarda se disperser.

— L'immonde salopard! maugréa-t-il.

L'horloge était en marche.

Les appels joignirent tous les chefs de patrouille de la ville : les commissaires chargés de la sécurité des aéroports de LaGuardia et Kennedy, leurs homologues du Triboro Bridge et du Tunnel Authority; les chefs de la sécurité aux ministères de l'Education et de la Santé; les responsables des transports en commun de la ville, de ses faubourgs et de ses banlieues.

Chaque voiture de patrouille qui partait se voyait, à la sortie, confisquer sa radio de bord.

Ils avaient tous leurs ordres. Partez dans les écoles. Gardez votre calme. Vérifiez chaque possibilité, le moindre détail suspect. N'ouvrez pas les fréquences de la police. Pour toute question, utilisez le téléphone.

Personne n'avait songé à avertir Wanda Shepherd, la responsable du standard de la police. D'un seul coup, toutes les lignes s'étaient mises à sonner à la fois et ses opératrices ne savaient plus où donner de la tête.

John Turley soupira quand il la vit entrer en catastrophe dans son bureau, son éternelle cigarette à la bouche. Il avait beau être son chef direct au département des communications internes, il se demandait souvent qui des deux donnait les ordres.

Ses cheveux gris en bataille, elle s'approcha au pas de charge.

— Sergent, le volume des appels vient de quadrupler en cinq minutes. Qu'est-ce que...

— Minute! Je vais vous expliquer. Jusqu'à ce soir, nous transmettons toutes les communications du département.

Fébrile de nature, cet après-midi-là elle semblait au bord de l'hystérie.

— « Toutes » ? Ça veut dire quoi, au juste ?

— On bloque les fréquences de la police. Tous les appels devront passer par le standard.

Wanda finit sa cigarette pour en allumer une autre sur-le-champ.

— Et moi j'épouse Donald Trump! cria-t-elle. Vous avez une idée de ce que ça représente ?

En règle générale, il fallait toute l'efficacité de Wanda pour que le département fonctionne correctement. Malgré sa nervosité, elle s'était admirablement organisée. Cette fois, elle allait pouvoir soumettre ses compétences à l'épreuve suprême.

Turley la prit par le bras et l'emmena dans la salle des dépêches.

— Nous allons faire notre possible pour que tout se passe bien. Vous voulez un Valium ?

*
* *

Policiers et pompiers étaient partis depuis longtemps lorsque Jack et Targo quittèrent leur poste d'observation et traversèrent la rue pour gagner leur prochaine destination. Targo nota mentalement l'arrivée des deux voitures qui roulaient lentement en direction du lieu de l'explosion, puis revint à sa discussion.

— Ton petit jeu avec ce policier est dangereux et perturbateur. Le bonhomme a trouvé la bombe et, du coup, elle a sauté à cent mètres de l'objectif.

Le petit jeu de Jack, comme disait Targo, avait été soigneusement mis au point et celui-là n'avait pas plus l'intention de lâcher McClane que le reste de sa mission.

— Le métro est fermé, oui ou non ? répliqua-t-il d'un ton méprisant. Le sol s'est bien effondré ? Le reste n'est que péripétie.

Targo n'était pas convaincu.

— Et si elle a explosé trop loin des alarmes ?

— Si nous avons un problème, nous le résoudrons.

— Ça n'est pas prévu ainsi. Je vais éliminer ce flic.

— Patience, conseilla Jack. Il occupe la police. Ainsi, ces gens regardent où nous voulons qu'ils regardent. Ça leur donne une impression d'efficacité. Si on les laisse tranquilles, il y en aura toujours un qui se mettra à réfléchir. Nous allons employer McClane encore une heure ou deux et ensuite nous le neutraliserons.

Il jeta un coup d'œil vers son compagnon qui se penchait pour nouer un lacet.

— Au lieu de t'affoler comme une vieille femme, vérifie plutôt si le colis a bien été livré à l'école prévue.

Du coin de l'œil, il aperçut les passagers des deux voitures qui, comme Targo et lui, se dirigeaient vers le métro. Ils portaient des vêtements de travail, costume et cravate pour les uns, jean et chemise de flanelle pour les autres, la tenue type des ouvriers de chantier.

Excellent. Jusque-là ils étaient dans les temps.

Dans toutes les foules il y a celui qui refuse de partir. Walsh tressaillit lorsqu'il vit Ben Dunham s'attarder avec son équipe. C'était l'étoile montante des informations, à la fois beau garçon et reporter doué, curieux de tout. Personne n'avait insisté, sauf lui. Il continuait de fouiner sur les lieux, à la recherche d'un indice quelconque, posant des questions auxquelles le policier ne devait pas répondre.

— Hé, Walsh, qu'est-ce qu'il se passe ? dit-il en venant lui offrir un chewing-gum. Pourquoi tout le monde doit se tailler d'ici ?

Walsh refusa d'un mouvement de la tête.

— Non, merci. Regardez votre montre. C'est l'heure de la relève. Quand les secours ont vu qu'il n'y avait pas de morts, ils ont hurlé qu'ils n'allaient pas faire d'heures supplémentaires, qu'ils devaient regagner leurs postes pour pointer. La nouvelle équipe ne va pas tarder.

Sa réponse était tellement intelligente qu'il en fut lui-même impressionné. Mais Dunham ne s'en laissait pas conter.

— Vous me prenez pour un con, ronchonna-t-il en mâchonnant son chewing-gum.

Avant que Walsh puisse protester de sa bonne foi, il fut distrait par un lourd grondement.

Craignant un effondrement du tunnel, il courut voir ce qui se passait. Il n'alla pas très loin avant que quelqu'un l'attrape par le bras en lui brandissant sa carte d'identité sous le nez.

— Bob Thompson, Travaux publics municipaux. Il faut que nous inspections les lieux pour mesurer l'étendue des dégâts.

Le nouveau venu émit un sifflement en découvrant le cratère.

— Mince ! Il y en a qui ne se gênent pas.

Le grondement s'intensifia. Un défilé de camions-bennes débouchait sur la place et pénétrait dans le parc.

— Vous au moins, vous ne perdez pas de temps ! observa Walsh.

L'ingénieur était accompagné de sept ou huit associés.

— Wall Street, mon vieux, dit Jack avec son plus bel accent américain. C'est ça, l'argent. Il y a tellement de gens influents que le maire ne veut pas contrarier... Il vous sera reconnaissant si vous montrez le chemin à mes associés.

— Bien sûr.

Walsh se tourna vers l'un des bleus qu'on lui avait laissés pour garder les lieux.

— Jimmy, viens, c'est toi qui as la torche.

Jack remercia d'un sourire et, laissant ses hommes suivre les policiers, il partit pour son rendez-vous suivant.

Targo et son équipe empruntèrent l'entrée qui n'avait pas été fermée. Après leur avoir dit de prendre garde aux chutes de débris, Walsh inspecta le quai du métro. A la lueur de la torche de Jimmy, on aurait dit un plateau de film d'horreur envahi de fumée encore stagnante.

Ils se dirigeaient vers le wagon accidenté, renversé sur les marches du bout du quai, lorsque Walsh s'aperçut que tous les hommes portaient des chaussures de para sous leur costume, mélange de style pour le moins incongru.

Cobb disait toujours : « Un bon inspecteur pose beaucoup de questions. »

Walsh ouvrait la bouche pour ce faire lorsque deux hommes s'approchèrent brusquement et piquèrent Jimmy avec ce qu'il identifia comme des inoculateurs pressurisés, des fusils cataplectiques sophistiqués qui envoyèrent le bleu à terre. Walsh porta la main à son arme.

Le bras droit de Targo, Otto, rêvait de se faire un flic. Il sourit dans la lumière pâle lorsque sa balle transperça la poitrine de Walsh. Il savait que le coup était mortel.

Sans un regard pour le moribond, Targo descendit inspecter le tunnel. Otto avait fait son boulot. Dans ce genre de situation, Targo appréciait l'efficacité de cette brute bulgare ; il le gardait constamment près de lui et le payait grassement.

Otto écarta le corps du pied et sourit de nouveau quand il découvrit sa plaque dorée. Il se pencha, la prit et l'accrocha à sa poche de poitrine : prise de guerre.

De sa position avantageuse, Jack s'autorisa un bref regard satisfait. Ses mois de préparatifs allaient porter leurs fruits. Le parc au-dessus de la station s'emplissait d'équipement : un camion à la plate-forme chargée d'un pont transbordeur replié et d'une excavatrice, suivi d'un second qui apportait des transpalettes. Des hommes revêtus d'uniformes d'agent de police sautaient de l'arrière des camions-bennes pour se précipiter vers leurs positions. Une équipe avait déjà commencé à décharger la plate-forme dont ils transbordaient le chargement dans le cratère.

Jack jeta un coup d'œil à sa montre, resserra sa cravate et adressa un signe de tête à Freddie, Nigel et Ian, les trois recrues qu'il avait engagées pour la suite des opérations. Ils remontèrent la rue étroite en direction de la Federal Reserve Bank, bâtiment à l'architecture inspirée de la Renaissance italienne ; habillés comme ils l'étaient, ils offraient une parfaite image de trois riches Européens en route pour traiter des marchés avec l'un des premiers établissements bancaires du monde.

Une alarme retentissait lorsqu'ils pénétrèrent dans le hall d'entrée ; Jack n'y était encore jamais venu, pourtant il connaissait par cœur le plan et l'aménagement de toute la bâtisse. Il avait passé des mois à les étudier, si bien qu'il pourrait en parcourir chaque pièce, chaque corridor les yeux fermés. Comme il s'y attendait, deux marshals de la police fédérale occupaient le bureau de la réception. Deux autres se tenaient derrière eux, de chaque côté d'un détecteur de métaux.

Forçant sur un accent hollandais, il se présenta au bureau :

— Veuillez avertir…

Il consulta sa carte :

— … M. Little que M. Vanderfloog est là.

Le marshal décrocha son téléphone et composa un numéro. Obligé de crier pour se faire entendre par-dessus l'alarme, il transmit le message de Jack. Puis il annonça à celui-ci que M. Little arrivait.

L'un des hommes de Jack articula le mot « alarme ? » en haussant un sourcil, à quoi son patron répondit d'un léger hochement de tête. Inutile de s'inquiéter. Ça aussi avait été prévu.

La sonnerie s'interrompit subitement, à l'instant où la porte d'un ascenseur s'ouvrait sur un petit homme au front dégarni.

— Monsieur Vanderflug ?

Il avait du mal à prononcer le nom d'emprunt de Jack.

— Felix Little, relations publiques. Pardon de

vous avoir fait attendre. Il paraît que nous avons eu une explosion dans le métro, ce qui aurait malencontreusement déclenché notre alarme.

Jack affecta un air soucieux.

— J'espère que tout va bien ?

— Ô Seigneur, oui ! La sécurité est intacte. Vous désiriez placer des devises ? Nous ne sommes pas une banque commerciale dans le sens courant du terme. Nous traitons essentiellement avec les gouvernements, les banques centrales. Mais ceci ne concerne pas les dépôts, évidemment.

— Evidemment, dit Jack.

— Et vous êtes dans le commerce des fleurs, monsieur Vanderflug ?

— *Floog*, corrigea Jack.

Little le considéra d'un air ahuri.

— Pardon ?

— *Floog*, répéta Jack. Vander*floog*. Je vends des tulipes.

— Ah ! Oui, bien sûr, excusez-moi.

Little faisait passer Jack par le détecteur de métaux lorsque, derrière eux, ses trois collègues utilisèrent leurs inoculateurs pour neutraliser les officiers fédéraux.

Inconscient de ce qui se passait dans son dos, Little demanda :

— Quel est votre chiffre d'affaires, monsieur Vanderfloog ?

— Environ trois cents millions.

— De florins par an, j'imagine.

— De dollars par mois.

— Oh, je vois ! Ce qui donne trois milliards six cents millions... En effet ! Voilà qui est tout à fait considérable ! Oui !

Enchanté, il se voyait déjà gérer ce compte tout à fait considérable.

— Attendez !

Voyant Jack partir sur la droite, il le retint.

— Pas par là, Seigneur ! C'est l'ascenseur de la chambre forte.

Baissant la voix, il ajouta d'un ton confidentiel :

— Voyez-vous, notre système d'alarme est sensible aux vibrations soniques autant que sismiques, deux choses qui ne font pas très bon ménage avec les explosions. En fait, cet incident dans le métro a tout détraqué ! Nous avons dû débrancher mais nos techniciens sont déjà à l'œuvre.

— Miséricorde !

Jack semblait sincèrement consterné.

Little émit un gloussement amusé :

— Ce serait la fin des haricots si quelqu'un savait ça !

Derrière lui, réduits à l'impuissance par les inoculateurs des terroristes, les marshals postés près du détecteur de métaux s'effondraient l'un après l'autre. Un revolver heurta le sol de marbre dans un claquement métallique. Little se retourna pour voir ce qui se passait puis fit volte-face et resta bouche bée devant Jack.

— Mais, mais... je croyais que vous désiriez placer des devises ?

Il blêmit en voyant Freddie et Ian emporter les corps des marshals.

— Oh ! ricana Jack, aujourd'hui, ce sera pour un retrait.

L'inoculateur fit son œuvre et Little fut réduit au silence. Nigel se débarrassa en hâte de son costume sous lequel il portait un uniforme de marshal. Puis il emporta Little à l'abri des regards tandis que Jack empruntait le corridor menant à la chambre forte.

Pendant ce temps, les hommes de Targo avaient déployé le pont qui plongeait dans le cratère sur toute sa longueur et descendu l'excavatrice qui venait d'être installée sur les rails du métro. Le machiniste la manœuvra de façon que ses puissantes mâchoires se trouvent face au wagon éclaté qu'elle écrasa et compressa jusqu'à ce qu'il ne bouche plus le passage ; elle bouscula ensuite une rampe et pénétra enfin dans le tunnel.

Targo avait apporté une carte marquée par ses soins, qu'avec son technicien ils consultaient maintenant pendant que l'excavatrice se frayait un chemin parmi les derniers décombres. Ils prirent des mesures, vérifièrent leurs notes, mesurèrent de nouveau jusqu'à s'assurer qu'ils avaient trouvé un point précis dans le mur.

Targo pulvérisa des marques de peinture aux endroits qui l'intéressaient et fit signe au machiniste de commencer. Les mâchoires attaquèrent le béton qu'elles broyèrent en petits morceaux, creusant de plus en plus profondément dans la paroi.

Les transpalettes descendaient à leur tour par le pont transbordeur et les camions-bennes s'apprêtaient à prendre le même chemin. Le bruit était assourdissant. Des étincelles jaillissaient partout. L'atmosphère humide et froide s'emplissait tellement de poussière qu'il devenait difficile de respirer. Mais peu importait. Dans quelques secondes, ils auraient eu raison de la dernière épaisseur de béton.

Targo ferma les yeux un instant pour se représenter le trophée qui les attendait de l'autre côté : des lingots, une montagne d'or, une fortune qui se comptait par millions de dollars, gardée dans la chambre forte de la Federal Reserve Bank.

Le marshal qui avait pour mission de surveiller l'écran vidéo de la chambre forte examinait distraitement la morne image. Soudain il sursauta : ou son imagination lui jouait des tours ou les caissons remuaient. Il regarda de plus près. Un tremblement de terre ? Ici, en plein New York ? Il secoua la tête. Non, impossible. Pourtant, pas de doute, les caissons remuaient. Et ce grondement qui semblait provenir de l'autre côté du mur...

Il décrocha le téléphone pour appeler ses collègues :

— Vous feriez bien de rappliquer, il se passe des choses bizarres, ici.

Dans son écran venait de surgir une monstrueuse mâchoire d'acier qui mangeait littéralement le mur.

— Putain !

Il se précipita vers la chambre forte.

En haut, son correspondant battit le rappel :

— Venez tous !

Les hommes débouchaient en trombe dans le hall d'entrée lorsqu'ils furent arrêtés par Jack et son équipe maintenant augmentée de douze comparses équipés de fusils-mitrailleurs.

— Ce n'est pas mortel, dit Nigel en faisant usage de son inoculateur.

Jack fit passer sa petite armée devant les marshals endormis. Ils s'immobilisèrent au son d'un coup de feu.

— En arrière ! cria une voix.

Le marshal resté devant la chambre forte pointait son pistolet sur eux tout en essayant désespérément de dégager un fusil du râtelier.

Jack jeta un coup d'œil à l'écran. L'excavatrice avait percé le mur et Targo franchissait le trou béant. Il se dirigea droit vers la porte d'acier massif qu'il se mit en devoir de faire tourner sur ses gonds bien huilés.

Le marshal était parvenu à dégager un fusil qu'il braqua sur ses adversaires. Alors il se rapprocha de son bureau, composa au téléphone le numéro de la réception.

— Appelez la police et descendez ! hurla-t-il. Nous sommes attaqués !

Un long silence lui répondit. Derrière lui, la porte s'ouvrait lentement et Targo apparut.

Finalement, une voix que le marshal ne reconnut pas lui répondit au téléphone :

— T'affole pas, mon pote, et tu t'en tireras.

Epouvanté, le malheureux laissa échapper le combiné et, en quelques gestes désordonnés, se mit à tirer sur Jack et ses hommes. Une rafale de balles arrosa le corridor à l'instant où Targo lui enfonçait son poignard dans le dos. Il tomba en avant, mort sur le coup.

Comme un seul homme, Nigel, Jack et Targo se ruèrent dans la chambre forte où les transpalettes franchissaient le passage ménagé par l'excavatrice.

— Enfoncé, Fort Knox ! s'écria Nigel en découvrant l'or.

Levant un pouce, Jack fit signe aux machinistes de se mettre au travail et ceux-ci arrachèrent les portes des caissons, fonçant en avant pour charger l'or comme de vulgaires tas de briques.

— La seule chose que l'homme n'ait jamais perdue ni détruite, murmura Jack.

Un va-et-vient de transpalettes s'opéra bientôt entre la chambre forte et les camions-bennes où ils versaient leur précieux chargement.

— Ils en ont fait une chose, puis une autre à travers les siècles. Qui sait si je n'ai pas entre les mains un cadeau d'Antoine à Cléopâtre, ou la couronne de Charlemagne, ou le salaire de Michel-Ange pour la chapelle Sixtine, ou le premier bénéfice des Rothschild ?

Comme pour une chaîne de montage, les camions escaladaient le pont pour se voir remplacer par des bennes vides et les transpalettes continuaient leur manège entre la chambre forte et leur réceptacle.

Jack éclata de rire et saisit une barre d'or au passage.

— Entre ce que Napoléon a pris à la Prusse en 1812, ce que Bismarck a repris, ce que l'Amérique et le Japon ont pris à tous depuis... Tous les pays commerçants thésaurisent dans cette chambre ! Cent quarante milliards de dollars ! Dix fois ce qui est gardé au Kentucky ! Fort Knox, c'est pour les touristes !

Quand ils traversèrent Delancy Street et prirent à l'est vers la Première Avenue, McClane entreprit de compter mentalement le nombre de rues qu'il leur restait à franchir avant de parvenir au parc. Son corps dégoulinait de sueur, il sentait sa poitrine tendue comme un tambour. Cependant, ce petit exercice mental l'empêcha de se demander s'il n'allait pas avoir une crise cardiaque et mourir en plein Lower East Side. Tous les marchands ambulants, toutes les caves devant lesquels ils passaient le tentaient mais il ne s'arrêta pas pour étancher sa soif. A la vitesse à laquelle ils progressaient, chaque seconde comptait.

Zeus courait à côté de lui, à petites foulées nettement plus gracieuses.

— Qu'est-ce que c'est, cette histoire d'immeuble à Los Angeles dont ils parlaient ? Tu es célèbre ou quoi ?

— Ouais, grommela McClane. J'ai eu mon quart d'heure.

— Attends, je devine : Rodney King.

Sa poitrine le faisait de plus en plus souffrir.

— Tu déconnes ! C'était la tour Nakatomi. J'ai jeté le petit frère de Jack par la fenêtre. Alors il ne doit pas être content de moi.

— Tu veux dire que je suis dans cette merde

parce qu'un flic blanc a tué le frère d'un autre enfoiré de Blanc ?

— Qu'est-ce qui doit me vexer le plus dans cette saucée ? L'allusion aux Blancs ou l'allusion aux flics ?

— Les deux.

— Hé ! J'ai été élevé aux nouilles au fromage, comme toi !

Zeus passa devant lui en vociférant :

— Ouais, mais tu n'es pas comme moi, alors ta gueule !

La barbe. Qui avait commencé, d'abord ?

Ils achevèrent leur course en silence. A la 7e Rue, alors qu'ils apercevaient enfin l'entrée du parc, McClane rassembla ses dernières forces pour rattraper Zeus. A demi mort, il crut entendre le téléphone sonner au moment où il pénétrait dans le parc.

— Oui, McClane ! haleta-t-il en décrochant.

— John, vous m'avez l'air passablement éreinté, ironisa Jack. C'est très gênant. Vous avez presque réussi.

— On réussit presque tout, rétorqua McClane à bout de souffle. Qu'est-ce que vous allez encore nous demander, maintenant ?

— Qu'est-ce qui a quatre pattes et ne demande qu'à tromper son monde ?

La question fut ponctuée par un déclic. Jack avait raccroché.

Ah non ! Pas encore une comptine ! A l'aide ! McClane jeta un regard vide à Zeus qui faillit éclater de rire. C'était la comptine préférée de son neveu Raymond... et la réponse se trouvait sous leur nez : la statue de bronze d'un éléphant dont la trompe crachait l'eau d'une fontaine à trois mètres d'eux.

Une serviette semblable à celle qui avait été découverte à Chinatown attendait à ses pieds.

McClane l'ouvrit. A l'intérieur se trouvait une petite balance attachée à la même bombe au liquide binaire qu'il avait trouvée dans le métro, ainsi qu'un chronomètre digital indiquant 5'00 Près de la bombe attendait également un téléphone cellulaire et un message lumineux annonçant : « SALUT ! JE SUIS UNE BOMBE ET VOUS VENEZ DE M'ENCLENCHER. »

Quand le téléphone sonna, McClane et Zeus faillirent se cogner la tête l'un contre l'autre en voulant le saisir. Ce fut McClane qui l'emporta.

— J'imagine que vous avez reçu le message ? demanda Jack.

— Ouais. Comment on arrête le mécanisme ?

— Patience, John. La fontaine. Il devrait y avoir deux bidons.

Ils trouvèrent sans mal les bidons de plastique. McClane préférait ne pas imaginer ce qui se serait passé si un gosse ou un clochard les avaient pris avant eux.

— Un bidon de vingt litres et un de douze, dit Jack. Remplissez-en un avec exactement seize litres d'eau et placez-le sur la balance. Le chronomètre s'arrêtera. Vous aurez alors cinq secondes pour enlever le flacon et fermer la serviette. Soyez précis. A vingt grammes près, tout sautera. Si vous êtes encore vivants dans cinq minutes, nous poursuivrons.

— Une minute ! intervint McClane.

Trop tard. Jack avait raccroché.

Les chiffres du chronomètre digital avaient commencé à défiler. McClane et Zeus prirent chacun un bidon... mais ensuite, que faire ? Cinq minutes, ce n'était rien. Le chronomètre en était déjà à quatre minutes cinquante-sept secondes.

— Je n'ai rien compris, dit McClane. Et toi ?

— Non.

— En tout cas, on ne peut pas mettre seize litres dans celui de douze.

Il regrettait amèrement d'avoir si peu suivi ses cours de maths.

— Ça va de soi.

— Je sais ! Remplis le bidon de douze litres et verse le contenu dans celui de vingt. Maintenant, il y a exactement douze litres dans le bidon de vingt, d'accord ?

Il regardait Zeus, espérant que son raisonnement ne lui échapperait pas.

— Oui, dit Zeus. Et après ?

— Remplis le bidon de douze litres au tiers, pour en avoir quatre de plus.

Et où tout cela les menait-il ? A trois minutes et demie de l'Apocalypse, il n'avait plus d'idées. Peut-être était-ce là un signe du ciel prouvant qu'il aurait dû rester à Los Angeles.

— Merde ! Tous les flics à soixante kilomètres à la ronde cherchent la plus grosse bombe de l'histoire et moi je suis là à jouer avec un seau et une pelle !

Zeus écumait de rage. Il allait exploser en mille morceaux à cause de ce flic à la gomme qui ne voulait pas admettre qu'il avait besoin d'aide.

— Tu réfléchis trois secondes ? demanda-t-il furieux. Il a dit exactement douze litres. On ne va pas les mesurer au pifomètre. Maintenant ne dis pas que tu sais, sauf si tu sais. Il faut qu'on soit précis.

Prenant une longue inspiration, il tâcha de faire le vide dans son esprit. D'habitude, il était bon dans ce genre d'ânerie. Il devrait bien trouver... s'il gardait son calme et si McClane la fermait.

— Au fait, une bouteille de Coke ? C'est ça !

Il claqua des doigts.

— On va chercher une bouteille d'un demi-litre, donc de cinq cents grammes, dans la poubelle et la vider trente-deux fois dans le bidon de vingt litres.

— Pour être précis c'est précis, ricana McClane.

Le chronomètre indiquait 4'00, 3'59, 3'58…

— Je croyais que tu étais bon dans ce genre d'ânerie.

Zeus le foudroya du regard.

— Parfaitement. Arrête de me déconcentrer. Bon, si on verse les douze litres dans le bidon de vingt…

Il prit le gros bidon qu'il plaça dans l'eau de la fontaine.

— Qu'est-ce que tu fabriques ? demanda McClane.

— Si je n'attrape pas le typhus et un herpès avec ça… les gosses pissent là-dedans.

Il sortit le bidon et le plaça devant McClane.

— Remplis jusqu'au bord. Exactement vingt litres, d'accord ?

— D'accord.

— Donne-moi le douze litres.

L'attitude de Zeus n'emballait pas McClane mais ce n'était pas le moment de lui rappeler qu'il n'arrivait qu'en second dans cette histoire. Aussi fit-il ce que son compagnon lui demandait et le regarda-t-il emplir le petit bidon jusqu'au bord avec l'eau du vingt litres.

Ensuite Zeus le hissa à hauteur de visage pour étayer sa démonstration.

— Il y avait vingt litres là-dedans, mais j'en ai ôté exactement douze, donc il me reste exactement huit litres. D'accord ?

— Ça va, dit lentement McClane.

Il tentait de se concentrer sur la logique de la chose.

— Bon, alors, regarde.

Zeus vida le bidon de douze litres dans la fontaine puis y versa toute l'eau qui restait dans le vingt litres.

— Exactement huit litres dans le douze litres, d'accord ? Combien de temps, encore ?

— Deux minutes et demie, dit McClane d'une voix aussi assurée que possible.

— Flûte. Bon, d'accord, on remplit le vingt litres.

Il le plongea dans l'eau.

— Et puis...

Il s'assit sur ses talons et regarda les deux bidons.

McClane lui jeta un regard noir.

— Continue !

Zeus secoua la tête, abattu.

— Je ne sais plus.

— Quoi ? hurla McClane. C'est toi qui as dit : « Ne dis rien sauf si tu sais. » Je croyais que tu savais, toi !

Il saisit la poignée du bidon de douze litres pour l'arracher à Zeus.

— Laisse-moi ça.

— On ne peut pas s'en aller, McClane !

Le chronomètre en était à une minute cinquante-huit secondes et ils se disputaient à coups de bidons de plastique.

— Bordel ! cria McClane. Lâche ça ou je te botte les fesses jusqu'à Harlem, espèce de...

Il se reprit à temps et n'acheva pas sa phrase.

— Vas-y, dis-le ! siffla Zeus, glacial.

— Quoi ? demanda McClane, faussement innocent.

— Négro. Tu allais me traiter de négro.

— Pas du tout ! D'enfoiré, certainement. De toute façon, qu'est-ce que tu as contre les Blancs ? Ce n'est pas comme si j'avais des esclaves. A ma connaissance, mes ancêtres n'en ont jamais eu.

Zeus n'en croyait pas ses oreilles.

— C'est pas vrai ! Je n'ai jamais rien entendu d'aussi...

— Tu sais ce que je crois ? C'est toi, le raciste !

— Oh non, mais c'est pas vrai !

— Tu ne m'aimes pas parce que je suis Blanc !

— Je ne t'aime pas parce que tu vas me faire tuer ! cria Zeus, les poings serrés.

Ensemble ils consultèrent le chronomètre : 00'56.

— Merde, il nous reste moins d'une minute ! s'affola Zeus. On fiche le camp !

— Ça, c'est pensé.

— Tu es sourd ? Il a dit que tout allait sauter.

McClane regarda les deux bidons.

— Attends, attends... J'y suis !

— Tu es sûr ?

Il souleva le bidon de douze litres.

— Regarde. Exactement huit litres, c'est ça ?

Zeus hocha la tête.

McClane déposa le plus petit bidon sur le bord de la fontaine et ressortit le gros de l'eau.

— Exactement vingt litres dans celui-ci ? Si on verse ceci jusqu'à ras bord dans le petit... on se retrouve avec exactement seize litres dans le bidon de vingt litres.

Zeus lui tapa sur l'épaule.

— Tu as gagné !

Leur triomphe fut de courte durée. Soudain ils se souvinrent que la bombe était toujours enclenchée. Le chronomètre leur laissait sept secondes avant l'explosion.

McClane attrapa le bidon de vingt litres et le posa sur la balance. Ils poussèrent un même soupir en voyant les chiffres s'arrêter à cinq secondes.

McClane ferma la serviette et attendit.

Quatre... trois... deux... un...

Pas d'explosion. Rien que la rumeur normale, quotidienne des enfants qui criaient derrière eux, l'eau qui coulait dans la fontaine, les voitures qui klaxonnaient dans les rues alentour. Ils tombèrent à genoux, autant pour remercier le ciel que pour reprendre leur équilibre.

Le téléphone sonna.

— Oui, dit McClane. On a réussi.

— Vous me surprenez encore, John. Ça va devenir une affreuse habitude.

Jack éclata de rire, un rire plus mauvais qu'amusé.

— Je n'ai pas le temps de rigoler, Jack. Un marché est un marché. La bombe, dans quelle école ?

— Mais vous avez tout votre temps. Deux heures quarante-sept minutes, précisément. Tout le temps pour exercer encore vos méninges.

— Allez vous faire fiche ! Mes méninges sont fatiguées ! Où est cette satanée bombe ?

McClane criait si fort qu'il s'attira les regards apeurés d'une vieille dame russe assise sur un banc voisin.

— Allons, John, du calme ! persifla Jack. Le chemin de la vérité est sinueux. Vous allez trouver une enveloppe sous la fontaine. En faisant le voyage qu'elle vous propose, posez-vous cette question : qu'est-ce que vingt et un par rapport à quarante-deux ?

Il partit d'un petit rire et raccrocha.

McClane trouva sans peine l'enveloppe indiquée et fulmina quand il en découvrit le contenu.

— Il nous envoie dans l'abri de touche de l'équipe de New York, au Yankee Stadium. Pourquoi ?

— C'est nous l'équipe de New York, observa Zeus. On doit y chercher quelque chose ?

Le Yankee Stadium se trouvait au diable, dans le Bronx, une heure de voyage en métro, avec de la chance.

Et restait la question : « Qu'est-ce que vingt et un par rapport à quarante-deux ? »

— Si on soustrait, il reste vingt et un, la moitié de quarante-deux. Mais la moitié de quoi ?

McClane envisageait deux possibilités :

— Ce pourrait être une personne. Disons qu'il y

aurait quarante-deux joueurs dans le Yankee Stadium, celui qui porterait le numéro vingt et un...

Il réfléchit, puis :

— Non, les équipes ne sont pas assez grandes.

— Le vingt et un est un jeu, et aussi un club.

— C'est surtout un jeu de trompe-couillon, oui ! explosa McClane en jetant un bidon dans la fontaine.

Zeus le regarda de travers et lui rappela qu'après tout ceci n'était leur faute ni à l'un ni à l'autre. Un fichu psychopathe tenait toute la ville en otage et c'était à eux de faire cesser ce jeu.

— D'accord, concéda McClane apaisé. Tu sais où se trouve le métro par ici ?

Il sortit un plan et trouva la station d'Astor Place sur la ligne de Lexington Avenue qui les emmènerait en direct.

Une dizaine de mètres plus loin, ils étaient tous les deux plongés dans le même genre de pensées. Ils s'arrêtèrent pour regarder la serviette demeurée devant la fontaine.

— A mon avis, on ne devrait pas laisser ça là, dit Zeus.

— Ah non ! J'ai déjà eu droit à ma bombe dans le métro, ce matin.

— Oui, mais on ne peut quand même pas laisser ça là. N'importe quel gosse pourrait...

Il n'eut pas besoin d'en dire davantage. McClane hocha la tête et Zeus alla chercher la serviette. Pendant ce temps, son compagnon avisait une épicerie de l'autre côté de la rue. Il avait envie d'une bière et de cigarettes et se précipita pour les chercher.

Il allait entrer quand deux gosses le bousculèrent en sortant, les bras chargés de sacs de cochonneries. L'épicier courait après eux en criant au voleur. Les gamins, qui n'avaient pas plus de douze ans, sautèrent sur leurs bicyclettes et allaient s'enfuir lorsque McClane en attrapa un par la peau du cou.

— Lâche-moi, tête de nœud ! cria le gosse.

— Hé, attention à ce que tu dis !

McClane le fit descendre de sa bicyclette.

— T'es pas bien ? Tu veux finir au trou pour un paquet de chips ?

Les yeux brillants, le gosse lui confia d'un air presque complice :

— Regarde autour de toi, naze ! Les keufs sont trop occupés. Ils foncent dans tous les sens comme des dingues. C'est Noël, mec ! On pourrait se faire la mairie !

Ouais, songea McClane. Il n'avait pas tort, ce môme. Mais qui voudrait se faire la mairie à part le type qui avait perdu les dernières élections ? Il regarda dans la direction de Wall Street, tellement abîmé dans ses réflexions qu'il ne s'aperçut même pas que Zeus l'avait rejoint. D'un autre côté, si on cherchait quelque chose qui valait la peine d'être volé...

Il lâcha le gosse et prit sa bicyclette.

— Viens ! lança-t-il à Zeus.

Celui-ci ne posa pas de question et, attrapant le vélo de l'autre gamin, il partit à la suite de McClane.

— Hé ! C'est à nous ! crièrent les gosses.

— C'est Noël, non ? lança Zeus par-dessus son épaule.

Ayant rejoint McClane sans lâcher la serviette, il ajouta :

— Où est-ce que tu vas ? Le Yankee Stadium c'est dans l'autre direction.

Il ne reçut qu'une explication de son compagnon :

— Fais-moi confiance.

7

Ils se retrouvaient à leur point de départ, sur les lieux de l'explosion de la station de Wall Street, à peu près tranquille, maintenant, à l'exception d'un camion-benne qui faillit écraser McClane au moment où il pénétrait dans le parc, et d'un trio de flics qu'il ne reconnut pas.

— Qu'est-ce qui te prend ?

Zeus râlait d'autant plus que c'était lui qui avait dû porter la bombe le long de cette route semée de nids-de-poule.

McClane alla droit au but :

— Qu'est-ce qui manque à Wall Street ?

— Quoi ? C'est contagieux ? Tu ne vas pas me dire des comptines, maintenant ? Bon, d'accord, je donne ma langue au chat.

— Des écoles.

Se protégeant les yeux d'une main, il contempla l'immeuble de la Federal Reserve Bank.

— Et qu'est-ce qu'il y a par paquets, ici ?

Il était certain de ne pas se tromper mais il ne connaissait qu'un moyen de vérifier.

— Attends-moi, je reviens dans une minute.

Zeus désigna la serviette.

— Et ça, qu'est-ce que j'en fais ?

— Donne-la à ces braves gens, dit McClane en désignant les flics qui gardaient le cratère.

— Il est là, murmura Rolf dans sa radio.

La voix de Jack lui répondit dans un craquement :

— Tâchez d'être plus précis.

— McClane vient de se pointer, il se dirige vers la banque. Le Noir vient vers moi.

— Quel dommage ! Ça m'aurait tellement amusé de le voir se transformer en ligne de fond au stadium.

Jack jeta un coup d'œil vers Targo assis, au volant du premier des camions-bennes.

— Enfin, soit. Qu'il repose en paix. Je vais donner mes instructions à Nigel. Rassemblez votre équipe et fichez le camp.

— Et l'autre ? demanda Rolf comme Zeus s'approchait de lui. Il me faut une réponse au plus vite.

— Laissez-le partir.

Le Bon Samaritain avait été suffisamment puni. C'était à McClane que Jack en voulait.

— Compris, dit Rolf.

Il éteignit la radio et regarda Zeus.

— Monsieur ?

— Je voudrais vous remettre ceci. Attention !

L'un des trois hommes commençait à retourner la serviette.

— N'ouvrez pas ! C'est une bombe !

— Encore une ? Bon, d'accord ! Nous allons nous en occuper.

Rolf remercia de la tête et se tourna vers ses compagnons.

— Il faut partir.

Zeus les vit se diriger vers une des voitures banalisées. C'étaient les trois derniers flics sur les lieux. Alors pourquoi s'en allaient-ils ? Il y avait quelque chose de pas net dans leur attitude.

Son doute se trouva confirmé quand le flic chargé

de la serviette la posa sur le trottoir avant de monter dans la voiture.

Rolf n'apprécia pas non plus.

— Qu'est-ce que tu fiches ?

— Pas envie de me balader avec ça, gémit l'autre.

— Tu ne vas pas le laisser là. N'importe quel gosse pourrait...

Targo leur avait bien martelé que cette mission consistait à récupérer de l'argent, pas à assassiner des gens.

— Mets-le sur le siège arrière.

A contrecœur, l'autre obéit et monta.

Zeus regarda la voiture s'éloigner du parc.

— Hé ! cria-t-il. Il n'y a plus personne ici !

Trois marshals se tenaient à la réception de la Federal Reserve Bank. McClane leur montra sa plaque :

— McClane, police de New York.

Nigel, que Jack avait envoyé à la rescousse, sourit aimablement.

— Que puis-je faire pour vous, lieutenant ?

— Il ne s'est rien passé d'extraordinaire dans les parages depuis, disons, une heure ?

— Non, mais nous avons vu beaucoup d'agents depuis l'accident du métro. Nous allions justement effectuer notre tour d'inspection dans la chambre forte.

Là-dessus, il contourna son comptoir.

McClane commençait à se demander s'il ne s'était pas trompé. Cela ne lui était encore jamais arrivé mais il fallait une première fois à tout. Néanmoins, il voulait s'assurer que tout allait bien.

— Vous permettez que je vous accompagne ?

— Plus on est de fous, plus on rit.

McClane suivit le marshal jusqu'à un ascenseur

où ils se joignirent à deux autres officiers fédéraux et à un inspecteur de police.

— Inspecteur... Otto, c'est cela? dit Nigel à ce dernier. Voici un de vos gars. Vous êtes...?

— McClane. Brigade du grand banditisme.

Otto grogna un bonjour et la porte de la cabine se referma.

— Je me reproche toujours de ne pas emprunter l'escalier pour exercer un peu mes jambes, dit Nigel. Et puis je me retrouve chaque fois dans cet élévateur.

Qu'est-ce que c'était que ce charabia?

McClane jeta un coup d'œil à la plaque d'Otto. Numéro 6911. Dans le mille! Les chiffres que Walsh jouait toutes les semaines au loto comme la moitié des flics de New York qui misaient leur numéro de plaque.

— Vous jouez au loto? demanda-t-il. Ma femme m'achète deux billets toutes les semaines. Toujours les mêmes numéros. Le seul ennui c'est qu'en dix ans je n'ai toujours pas compris pourquoi elle avait choisi ce nombre en particulier. Ça me chiffonne. Dites-moi si vous pouvez...

Faisant mine de sortir ses billets de sa poche, il saisit son pistolet. L'ascenseur était plein. A quatre contre un, McClane ne pourrait faire grand-chose, d'autant qu'ils étaient tous bien armés. Inutile de se faire massacrer aussi facilement.

Doucement, il tourna de côté l'arme demeurée dans son holster, appuya sur la détente à travers sa veste et toucha son voisin de gauche. Un quart de tour plus à gauche et il abattait celui de derrière. Il bloqua de l'épaule le troisième faux marshal contre la paroi, le débarrassa de son arme qu'il enfonça dans le ventre d'Otto.

Lorsque les portes de la cabine s'ouvrirent, il était entouré de quatre morts.

— En Amérique, on dit «ascenseur», crétin!

lâcha McClane en enjambant le corps du faux marshal.

L'arme au poing, il suivit le corridor qui menait à la chambre forte. Il y régnait un silence de mort. La salle de contrôle était vide et la porte de la chambre forte grande ouverte. A l'intérieur, sept marshals fédéraux, des vrais, ceux-là, gisaient inconscients sur le sol.

En tout cas, il ne restait pas un gramme d'or. McClane s'avança plus profondément et découvrit le trou foré dans le mur.

— Hé ! Il y a quelqu'un ?

La voix de Zeus lui parvenait des profondeurs de l'obscurité.

McClane franchit l'ouverture et tomba bientôt sur les rails du métro.

— Qu'est-ce que c'est que ce cirque ? demanda Zeus qui émergeait de l'obscurité.

— Va voir.

McClane désigna la chambre forte puis continua vers la station, passa devant les transpalettes abandonnés. Il vit les trois corps avant d'arriver au quai. Pas besoin de regarder de plus près pour deviner que Walsh était parmi eux.

— Et merde ! Pauvre vieux Ricky !

Il s'agenouilla, chercha le pouls de sa gorge. Ce n'était qu'un gosse en début de carrière. Il n'aurait jamais dû finir comme ça.

Entendant des bruits de pas sur les rails, McClane reprit son arme et fit volte-face. C'était Zeus.

— Jacques a dit que j'aurais dû le voir venir avec ses gros sabots, murmura-t-il amèrement. Ce n'était pas une vengeance. C'était une saloperie de casse.

— Qu'est-ce qu'il y avait là-dedans ? demanda Zeus.

McClane ramassa une barre d'or tombée sur le quai.

— Ça.

— Oh la la !

Zeus la soupesa des deux mains.

— Ça pèse lourd, ce machin-là. Ils en ont vidé toute une pièce ? Ils ont dû prendre un char d'assaut pour emporter tout ça.

— Des camions-bennes, dit McClane en regardant la rampe qui montait jusqu'au cratère devant eux. Il leur en a fallu exactement quatorze.

Comme celui qu'ils avaient croisé en arrivant à bicyclette dans le parc.

— Il se dirigeait vers l'est, observa Zeus.

Ils sortirent en empruntant le pont transbordeur.

— Et ça, qu'est-ce que tu comptes en faire au juste ?

McClane désignait la barre d'or.

— Il n'y en a qu'une ! protesta Zeus en la serrant contre sa poitrine.

— Ils ne te laisseront jamais la garder.

— Ils me doivent une compensation pour perte d'instrument de travail, protesta Zeus, indigné.

— D'accord. N'empêche que ce n'est pas ça qu'ils te donneront.

Un flic était un flic, se rappela Zeus.

— On verra.

Une fois qu'ils eurent émergé du cratère, il leur restait à trouver un moyen de se lancer à la poursuite des camions-bennes.

Les bicyclettes ne leur seraient d'aucune utilité. Les hommes de Jack avaient pris trop d'avance sur eux. Ils avaient besoin d'une voiture et l'unique candidate était une Yugo garée juste devant le parc.

— Réquisition policière ? demanda Zeus.

McClane hocha la tête.

— A ta guise.

Zeus brisa la vitre avant à l'aide de la barre d'or,

ouvrit la portière et se glissa à l'intérieur. Il jeta son or sur la banquette arrière et ouvrit à McClane. Puis il sortit la trousse de tournevis d'électricien qu'il gardait en permanence dans sa poche.

— Tu penses pouvoir faire démarrer en court-circuitant l'allumage ?

— Pas de problème. Je suis électricien. Le chiendent, c'est que ça prend un temps effroyable.

Avec un clin d'œil à McClane, il enfila le tournevis dans le démarreur et le moteur se mit à ronronner comme un chaton. Il passa la première, pompa un peu d'essence et lança le véhicule à la poursuite de Jack et de ses troupes.

Tout cet or... Jack allait vouloir le sortir au plus vite du pays, mais comment ? Impossible d'emporter une telle charge par avion. Les frontières canadienne et mexicaine étaient trop loin, le convoi de camions-bennes trop voyant. Tandis qu'un bateau, amarré à distance raisonnable, pouvait non seulement embarquer l'or mais aussi atteindre les eaux internationales bien avant le rendez-vous de quinze heures.

Les camions-bennes n'ayant pas pris la direction qui menait aux ports du New Jersey au-delà de l'Hudson, McClane en conclut qu'ils avaient dû opter pour les anciens chantiers de la marine, à Brooklyn.

Ils prirent la sortie qui menait au pont de Brooklyn et se garèrent pour inspecter la circulation qui filait vers la banlieue. Aussi loin que McClane pouvait voir, il n'y avait pas un camion-benne à l'horizon.

— Rien sur le pont, dit-il sombrement.

— McClane !

Zeus lui prit le bras et lui désigna la voie Franklin D. Roosevelt, sur leur gauche. Une file de camions-bennes roulait vers le nord, dont le dernier ne devait pas se trouver à trois kilomètres d'eux.

— Vas-y, fonce ! le pressa McClane.

Ils empruntèrent la route côtière. Sortant son téléphone cellulaire de sa poche, McClane appuya sur plusieurs touches avant de pousser une exclamation de dépit.

— Qu'est-ce qu'il y a ?

— J'ai fusillé le téléphone.

Il le jeta sur la banquette arrière et se retourna vers le pare-brise, pressant mentalement Zeus d'aller plus vite. Il regrettait de n'avoir pas pris le volant. Non que Zeus fît du mauvais travail, ils se faufilaient aussi vite que possible à travers la circulation. Ils ne devaient pas se trouver à plus de huit cents mètres de la caravane, maintenant. Mais cette tension le rendait fou. Il ne pouvait chasser de sa mémoire l'image de Walsh, gisant sur le quai, une tache rouge sur la poitrine.

— Bon, lança soudain Zeus. Qu'est-ce que vingt et un par rapport à quarante-deux ?

— Pas la moindre idée.

— Et le Yankee Stadium ?

— On y va ! Mais ce salaud ne quitte pas Manhattan.

A cet instant, une conductrice leur fit une queue de poisson.

— Bordel !

Sortant la tête, il cria :

— Tu te prends pour qui ? Hilary Clinton ?

— C'est ça ! s'écria Zeus.

— Quoi ?

— Hilary Clinton. Le quarante-deuxième Président !

Quel cauchemar ! McClane leva les yeux au ciel.

— Non, elle serait le quarante-troisième.

Zeus lui décocha un regard mauvais. Ce n'était pas à McClane de décoder les comptines idiotes de Jack.

— D'accord, marmonna-t-il. Alors qui était le vingt et unième ?

— J'en sais rien.

— Sûr ?

McClane soupira.

— Et toi ?

— Moi non plus.

McClane préféra changer de sujet.

— Combien de chevaux, ce moteur ?

— C'est une Yugo, une voiture économique, pas sportive.

— La prochaine fois, vole américain !

Tournant le dos à Zeus, il contempla d'un œil gourmand une Mercedes rutilante sur leur droite, au volant de laquelle un jeune homme d'affaires babillait dans son téléphone cellulaire.

Dis au revoir, du schnock. Il attrapa le volant et balança la voiture vers la droite pour couper la route à la Mercedes, obligeant le conducteur à s'arrêter sur le bas-côté.

— Qu'est-ce que tu fous ? hurla Zeus.

— Je cherche un téléphone.

McClane sortit, sa plaque à la main qu'il vint brandir au nez du jeune homme d'affaires pour lui annoncer la mauvaise nouvelle.

Trois minutes plus tard, celui-ci restait en rade tandis que sa Mercedes redémarrait sur les chapeaux de roue, avec cette fois McClane au volant. Zeus abaissa sa vitre.

— Hé ! brailla-t-il. Qui était le vingt et unième Président ?

— Feignant toi-même ! cria le yuppie, furax.

Dans son rétroviseur, Zeus le vit envoyer un grand coup dans le capot de la Yugo.

— Il a pas l'air content, dis donc !

— Il se sentira mieux quand il verra ce qu'il y a sur la banquette arrière, dit McClane en composant le 911.

Il fallut deux secondes à Zeus pour comprendre ce que voulait dire son voisin.

— Putain de merde ! Ma barre d'or !

Le téléphone sonna deux fois avant qu'ils tombent sur un disque.

« Toutes nos lignes étant occupées... »

Tout d'un coup, une autre voix embraya.

— Police. J'écoute.

— Ici McClane. Passez-moi Walter Cobb.

La communication fut un instant interrompue comme ils passaient sous un bâtiment qui enjambait la voie. Arrivé de l'autre côté, il entendit Cobb hurler :

— John ? Où étais-tu fourré ?

— Walter ! cria-t-il. Ce n'est pas une vengeance, c'est un hold-up !

— Quoi ?

— Ils ont dévalisé la Federal Reserve. Ils ont l'or. Des tonnes d'or. Ils se dirigent vers le nord en camions-bennes.

— Tu as encore bu ?

— Pas depuis le petit déjeuner. Il y a une file de camions-bennes qui s'en va par la voie FDR, à peu près à hauteur de la 77e Rue. Il faut fermer les ponts et envoyer un hélico par ici.

— En ce moment, je suis incapable de fermer un débit de hot dogs. On est éparpillés dans toute la ville. Et cette foutue bombe ?

— Trouve qui était le vingt et unième Président. Ça doit avoir un rapport.

Comme ils passaient sous un autre pont, la communication fut de nouveau coupée, définitivement, cette fois.

A l'autre bout de la ville, dans le quartier général improvisé dans la cave d'un lycée du West Side, Cobb cherchait encore à récupérer McClane.

— John? John? Le vingt et unième quoi?

Seule lui répondit une assourdissante friture. Il raccrocha en tâchant d'assimiler ce que McClane venait de lui dire. C'était insensé, mais Jack ne l'était-il pas? Quant au lieutenant, il paraissait parfaitement à jeun. Impossible de ne pas le croire, les enjeux étaient trop élevés.

— Joignez Munson à Triboro, ordonna-t-il à Connie Kowalski. Dites-lui de fermer les ponts de l'East River au nord de la 59e rue. McClane suit des camions-bennes.

— Des camions-bennes?

— Il dit qu'il y a un paquet de camions-bennes qui remontent la voie FDR, chargés d'or.

— Walter... Les poids lourds sont interdits sur la FDR.

Il s'agissait bien de ça!

— Connie! aboya-t-il.

Il plaignait son mari.

— D'accord, maugréa-t-elle. Vous ne voulez pas que je râle, alors je ne dirai rien, même si c'est complètement idiot.

Il vérifia qu'elle était bien en train de composer le numéro de Triboro. Les femmes!

Katya attendait nerveusement Jack et Targo à leur rendez-vous du réservoir de Central Park. En basket, short et T-shirt, elle se mêlait sans peine aux autres femmes qui couraient leurs deux kilomètres autour du lac. Elle avait parcouru le chemin dans tous les sens sans cesser de chercher les camions-bennes des yeux. Lorsque le premier du convoi apparut enfin, elle se précipita dans les bras de Targo.

Elle savait qu'il n'aimait pas ces démonstrations, surtout quand ils travaillaient. Les mercenaires n'avaient pas de ces états d'âme. Mais tous deux en avaient tellement vu ensemble, étaient si souvent passés pour morts que, parfois, elle ne pouvait se retenir.

Il la poussa dans la cabine du camion sans même un baiser et se remit aussitôt au travail.

— Nos hommes du stadium ? demanda-t-il à Jack. Ils restent ou ils partent ?

Celui-ci consulta sa montre et composa le numéro de la réception de la Federal Reserve Bank.

— Nigel devrait avoir pris sa place à l'heure qu'il est.

Il compta quinze sonneries sans réponse avant de raccrocher. Quelque chose n'allait pas. Et si McClane avait éliminé les hommes qu'il avait laissés à la banque ? L'air contrarié, il se tourna vers Targo.

— Garde-les là-bas. McClane est peut-être encore vivant.

Targo lui jeta un regard noir, assez expressif pour n'avoir pas besoin de formuler ses pensées.

— Ne t'en fais pas, dit Jack. S'il est vivant, il ne parlera à personne.

Souriant, il composa d'autres numéros. Le jeu prenait un tour vraiment amusant.

— Radio K-Rock. Ici le Flash.

L'effronterie du présentateur râpa les nerfs de Jack. Mais le résultat de sa conversation avec le Flash, dont l'émission emportait tous les suffrages à cette heure de la journée, vaudrait largement cette contrainte momentanée.

— Vous êtes à l'antenne, dit le Flash. C'est à vous.

Jack imaginait ce type qui s'ennuyait derrière son micro, bloqué dans sa cabine étouffante, les pieds sur le bureau, attendant que l'heure se passe. Il chercha quel accent choisir, opta pour celui de Brooklyn, nasillard, bouffant plus ou moins ses mots, qui évoquerait un travailleur manuel d'origine irlandaise.

— J'voulais juste vous dire qu'vous faites une sacrée bonne émission. J'l'écoute tout l'temps et...

Le présentateur l'interrompit.

— Merci. On fait ce qu'on peut. Qu'est-ce que vous aviez à nous dire ?

Aucune éducation, songea Jack.

— Ben, dit-il tout haut, vous avez vu toutes ces voitures de flics qui hurlent partout ? Vous savez pourquoi y s'dépêchent comme ça ?

Il laissa passer un instant, histoire d'entretenir le suspense ; à l'autre bout du fil, il entendait la respiration de son correspondant. Il le sentait perplexe.

— Y a une bombe dans une école. Mon cousin est flic. Y a quelqu'un qu'a mis une grosse bombe dans une école. Seulement, y savent pas laquelle, alors y les fouillent toutes. Toutes les écoles d'la ville.

Le Flash, l'âme du hip, perdit son calme.

— Putain ! lança-t-il à travers tout New York.

Ses auditeurs lâchèrent tout ce qu'ils faisaient pour se précipiter sur leurs téléphones.

Aux urgences de la police, Wanda Shepherd ouvrit un nouveau paquet de cigarettes en maudissant le standard qui ne cessait de sauter.

— Turley ! hurla-t-elle. Toute cette satanée ville appelle le 911 !

— Ils ont disparu, dit Zeus.

Une main sur le volant, McClane se pencha par la fenêtre pour tâcher de mieux voir ce qui se passait devant lui. Il avait perdu les camions à la 59e Rue, quand il s'était retrouvé bloqué sous le pont. Zeus avait raison. C'était comme si un prestidigitateur les avait escamotés.

— David Copperfield peut aller se rhabiller, maugréa-t-il.

Il reprit le téléphone, refit le 911 et obtint une curieuse sonorité indiquant que le standard était occupé.

— Merde!

Il devait absolument joindre Cobb pour l'avertir. Les camions-bennes devaient être sortis à la 79e Rue. Ils devaient se diriger vers le Bronx.

— Là! Par là! cria Zeus.

McClane leva la tête et vit un camion-benne qui filait en sens inverse.

— Il y a des Air Bag dans cette bagnole?

— De ton côté oui, du mien, j'en sais rien.

La réponse de McClane fut aussi rapide que spectaculaire. Sans autre forme de procès, il accéléra et fonça dans la rampe de sécurité. Deux Air Bag leur sautèrent à la figure et McClane s'accrocha à son volant, se hissant sur les fesses pour tâcher de voir encore ce qui se passait derrière son pare-brise, sur la route en contrebas.

La Mercedes heurta la chaussée dans un bruit de ferraille, tressauta dans des à-coups qui leur secouèrent durement la colonne vertébrale pour se répercuter jusqu'à la base du crâne. La douleur fut intense et en même temps rassurante. S'ils n'avaient rien senti, cela aurait laissé supposer qu'ils étaient bons pour finir leurs jours dans une petite voiture. McClane secoua les bras et les jambes pour s'assurer que tout fonctionnait encore et se promit d'acheter une Mercedes la prochaine fois qu'il aurait besoin d'une voiture. Avec n'importe quelle autre marque ils seraient morts sur le coup.

Les Air Bag commençaient à se dégonfler. Il se rendit subitement compte que Zeus et lui étaient couverts d'une substance blanche, une espèce de talc qui devait simplement servir à retarder les incendies.

— Tu as l'air d'un fantôme, commenta Zeus en claquant des dents.

Peut-être n'en avait-il pas que l'air ; peut-être revenait-il de chez les morts pour aller tirer les pieds de Jack dans son lit. Il sourit tout en époussetant ses yeux.

— Et toi, on dirait Al Jolson en négatif !

Zeus parvint à s'arracher un faible gloussement. Il était vivant, McClane aussi. Sûr, la Providence veillait sur eux.

La Mercedes gîtait vers la gauche et, si son pare-brise s'ornait maintenant d'une longue ligne brisée, elle avait tenu le coup et roulait encore. Le camion-benne gardait une centaine de mètres d'avance sur eux mais son conducteur respectait la limite de vitesse, traînant du côté de la 86e Rue comme si de rien n'était.

McClane naviguait sur la large chaussée, évitant les autobus qui s'arrêtaient à chaque coin de rue et les piétons qui traversaient en dehors des passages protégés. Apparemment, le camion se dirigeait vers Central Park, d'ailleurs son clignotant indiquait qu'il allait s'engager dans la Cinquième Avenue.

Une foule de lycéens flânaient sur la chaussée du côté de Madison, s'envoyant des ballons de basket comme si la rue était à eux. McClane klaxonna et l'un des gamins lui fit un doigt d'honneur. En toute autre circonstance, il aurait interpellé le gosse pour insulte à agent de la force publique. Cette fois, il se contenta de patienter en grinçant des dents puis grilla le feu au carrefour suivant.

Finalement, il rattrapa le camion à l'instant où celui-ci s'engageait dans la Cinquième Avenue. Faisant une embardée, il le dépassa et freina en catastrophe puis jaillit de la voiture, l'arme à la main.

— Dehors ! Les mains en l'air !

Il n'y avait personne derrière le volant. Pourtant, Jack lui-même ne pouvait programmer un camion qui se conduirait tout seul. Sans lâcher son arme, McClane ouvrit la portière avant. Ah, il était bien là, le chauffeur ! Tapi sur le sol, les mains sur la tête, tremblant de peur. Si ce type était un terroriste professionnel, Jack ferait mieux de réviser sa politique de recrutement.

— Ne me tuez pas ! supplia le type.

— Dehors ! ordonna McClane.

Tenant toujours sa proie en joue, il alla vérifier l'arrière. Vide à l'exception d'un gobelet de café.

Bravo ! Il avait failli se tuer, et Zeus avec lui, il avait perdu dix précieuses minutes, tout ça pour suivre un camion complètement en dehors de la question. Rangeant son pistolet, il montra sa plaque au conducteur.

— Où allez-vous ? demanda-t-il.

— Vers l'aqueduc, articula l'autre encore sous l'émotion.

— L'aqueduc ?

Le chauffeur montra un point vers Central Park.

— Le nouvel aqueduc.

— Emmenez-moi.

Il sauta dans la cabine et fit signe à Zeus de les suivre dans la Mercedes.

Dans le parc, le chauffeur les emmena jusqu'au bord d'un trou béant, près d'un énorme monticule de terre. Un gigantesque tuyau d'au moins dix mètres de diamètre émergeait de la bouche de l'excavation pour s'en aller courir sous le réservoir. Six camions-bennes attendaient en file près de la montagne de terre.

— Vous voyez ? dit le chauffeur. Il va d'ici jusqu'aux Catskill.

— Quoi ? demanda McClane.

— Ça ! Le conduit ! Il fait cent kilomètres !

Un homme casqué agitait un téléphone en hurlant des ordres à un opérateur sur sa grue. McClane se dit qu'il devait s'agir du contremaître et alla l'interroger, Zeus sur ses talons.

— Vous n'avez pas fait entrer dedans... disons, quelques camions en rab ces derniers temps ?

L'homme s'essuya le front avec un mouchoir trempé et cracha par terre.

— Je vais renvoyer ces rigolos, fulmina-t-il. Ils ne font absolument pas attention aux ordres. Je vais...

McClane leva la main.

— Ho ! Qui ça ?

— Les douze ou treize crétins qui sont venus ficher leur merde ici !

Le contremaître désigna le conduit.

— On ne charge plus là-bas mais ici !

Un point pour Jack.

— Autant pour les ponts et les hélicoptères, grommela McClane.

Il montra sa plaque au contremaître, lui emprunta son téléphone et fit le 911. Occupé.

— Vous avez une carte ? demanda-t-il.

Le réservoir de Central Park, qui fournissait à peu près toute l'eau potable de New York, était alimenté par la pluie et la fonte des glaciers des monts Catskill. Il était relié à la ligne de partage des eaux par un réseau compliqué de tunnels souterrains dont une carte s'étalait maintenant devant Zeus et McClane.

— On passe très en dessous du Saw Mill pour ne remonter qu'à hauteur du batardeau, indiqua le contremaître en traçant le chemin du doigt. Depuis, on a déjà amené de l'eau du réservoir, mais c'est le batardeau qui la retient... là.

— Il existe un autre moyen d'y accéder ?

— On a installé une bouche d'aération tous les trois kilomètres.

— Non. Avec un camion.

Il essaya de nouveau le 911. Toujours occupé. A ce train-là, il ne pourrait jamais joindre Cobb.

— Vous pouvez y aller en camion. Suivez le chemin du Saw Mill sur une trentaine de kilomètres.

McClane montra à Zeus une sortie que leur indiquait le contremaître.

— Je te retrouve là-bas. Je pars avec eux.

— Minute ! Qu'est-ce que je fais, en attendant ?

Une seule solution :

— Va au Yankee Stadium.

Au Yankee Stadium ? Et pour quoi faire, bon sang ? Zeus regarda le camion-benne s'éloigner puis quitter le parc.

— Va te faire foutre, McClane !

8

McClane s'installa confortablement et regarda le chauffeur manœuvrer le camion à l'intérieur de l'aqueduc.

— Comment vous appelez-vous ? demanda-t-il pour le dérider.

— Jerry Parks.

— Ravi de vous connaître. Il est énorme, ce conduit.

Jerry approuva avec enthousiasme :

— Dix mètres de diamètre. Quinze millions de mètres cubes de terre et de cailloux remués jusque-là, dix fois le plus gros barrage des Etats-Unis ! Dans une minute on sera à cent soixante-quinze mètres sous terre. Nous en sommes à la phase trois du tunnel Trois. Les premiers projets ont vu le jour en 1954 mais on n'a commencé les travaux qu'en juin 1970. Vous savez le plus intéressant au sujet du tunnel Trois ?

Bla-bla-bla... McClane se retrouvait enfermé dans un long tunnel noir avec un bavard impénitent.

— Non, Jerry, répondit-il, presque effrayé de poser la question. Quoi ?

— Les vannes. Chacune est située dans une chambre séparée pour qu'on puisse y accéder plus facilement, ce qui le distingue des tunnels Un et Deux.

McClane hocha machinalement la tête mais son esprit était avec Jack et l'or. Le Saw Mill s'achevait brutalement quelque part en plein comté de Westchester. Où Jack s'était-il rendu ensuite ? Les yeux dans le vague de la semi-obscurité, McClane tâchait de se mettre à la place du terroriste. Dans ces contrées l'on trouvait surtout de petites villes et des fermes laitières qui mouraient d'ennui. Il était difficile d'y garder le moindre secret, n'importe quel étranger y était regardé comme une bête curieuse. Ce serait de la folie d'y passer chargé de tout cet or.

Ils prirent un virage et le faisceau des feux arrière d'un camion garé devant eux le ramena sous terre.

— Attendez, Jerry.

Peut-être allait-il avoir un peu de chance, cette fois. A moins que le chauffeur ne soit encore un des collègues de Jerry. De toute façon, cela valait la peine de vérifier.

— Donnez-moi votre casque et attendez-moi.

Il enfonça autant que possible le couvre-chef sur son front et se dirigea vers le camion arrêté.

— Salut ! lança-t-il en apercevant deux hommes à l'intérieur. Mickey O'Brien, trésorier. Je compte me présenter aux prochaines élections syndicales et j'ai voulu venir vous serrer la pince.

Dans une lueur d'acier, le conducteur passa une main par la fenêtre. McClane braqua son arme et tira deux fois dans la portière. Le conducteur tomba sur son volant et son passager s'effondra contre sa vitre latérale. Pas le temps de leur serrer la pince.

Lorsque McClane ouvrit la portière, le corps du conducteur s'écroula à terre. Il se pencha pour lui faire les poches.

— Montre ce que tu as, pauvre con.

Pas grand-chose, à vrai dire : un permis de conduire, une carte professionnelle, tous deux certainement faux, un paquet de Marlboro, des allumettes et dix pièces d'un quart de dollar, soigneusement enveloppées dans de la Cellophane.

McClane alluma une des cigarettes et contempla les pièces.

— Mince ! lança Jerry qui s'était approché. Il est mort !

— Eh ouais !

McClane tira voluptueusement une bouffée de sa cigarette.

— Jerry, je voudrais que vous joigniez un flic du nom de Cobb. C'est le chef de mon équipe. Téléphonez-lui, trouvez-le, allez-y, s'il le faut. Dites-lui où je suis.

Jerry ne parvenait pas à détacher ses yeux du corps du terroriste. Il hocha la tête. Oui. Il comprenait.

— Et dites-lui de chercher qui était le vingt et unième Président. La bombe a quelque chose à voir avec ça.

— Chester A. Arthur, dit Jerry.

— Chester A. Arthur ?

— Ouais. Chester A. Arthur, 1881-1885. Nommé vice-président en 1880, il a succédé six mois après au président Garfield qui s'est fait assassiner. C'était un homme intéressant. Vous savez qu'il avait été receveur des douanes ici, à New York ?

Celui-là devrait se présenter à des jeux télévisés.

— Non, je ne le savais pas.

McClane s'assit à la place du conducteur mort, vira le passager qui n'était pas en meilleure forme puis mit le moteur en route. Après un grand signe à Jerry, il s'enfonça dans l'obscurité du tunnel, et dans son divin silence.

Au stadium, Zeus ne trouva personne car il n'y avait pas de match ; il passa par-dessus un tourniquet et entra dans l'immense espace vide et silencieux, frissonna sous le soleil de midi. Si les terroristes le guettaient pour lui sauter dessus, ils savaient se montrer discrets. Par prudence, il fit de même, gardant la tête basse à mesure qu'il descendait dans les gradins en direction de l'abri de touche de l'équipe de New York.

Malgré sa prudence, il fut vite repéré par Erik et Jurgen, deux des lieutenants de Jack qui se tenaient dans l'ombre, leurs inoculateurs sous la main.

— L'Africain est là, annonça tranquillement Erik dans sa CB.

Le camion de Jack, toujours à la tête du convoi, arrivait en vue du batardeau, la digue de bois et d'acier qui empêchait l'eau d'inonder le tunnel. Une plaque du même métal enjambait une fosse électrique pratiquée dans le sol de béton. Jack attendit que le dernier camion soit passé dessus pour donner le signal qui la ferait dégringoler dans la fosse.

Targo conduisait le camion sur la rampe menant à la surface, tandis que Jack répondait au téléphone :

— Seul ? Vous êtes sûr ?

— Oui.

Zeus venait de ramasser le petit billard de plastique qu'Erik avait laissé à son intention sur le banc de touche.

Il le retourna et lut le message collé derrière : « LE JEU EST TERMINÉ. »

Les yeux écarquillés de surprise, il regarda autour de lui.

— On continue ? demanda Erik.

— Non.

Contrarié, Jack s'interrogeait. Pourquoi Zeus était-il seul ? Où se trouvait le policier ?

— Suivez-le, qu'il vous mène à McClane. Alors vous les tuerez tous les deux.

D'un signe de la tête, Erik transmit l'ordre à Jurgen. A quelques pas de là, inconscient des regards qui pesaient sur lui, Zeus se demandait ce qu'il fallait penser de ce message sibyllin. Si le jeu était terminé, qu'allait-il se passer ensuite ? Une apparition de Jack à la *Magicien d'Oz* ? Une bombe artisanale qui allait souffler tout le stade ?

Une brise légère agita le gazon. Un avion passa en vrombissant. Sinon, tout était tranquille, paisible comme la maison que Ruth avait construite.

— Où est-il ? demanda Targo.

Sans répondre, Jack changea de fréquence sur sa CB.

— Vous pouvez arriver, Nils.

Comme la réponse ne venait pas tout de suite, il répéta, impatienté :

— Nils ?

— Nils est mort, connard ! annonça la voix de McClane. Et son copain aussi.

Voyant ses pires craintes sur le point de se réaliser, Targo fusilla du regard son voisin tandis que leur correspondant continuait son rapport :

— Et les quatre autres membres de l'équipe d'Allemagne de l'Est également. Tes boys de la banque seront en retard, définitivement.

La mâchoire de Jack se crispa sur une colère rentrée mais le ton calme de sa voix ne trahit pas la moindre tension. Un professionnel savait comment et quand corriger ses plans, improviser, quitte à transiger si nécessaire.

— Le camion que vous conduisez contient treize milliards de dollars d'or en barres. Ne jouez pas les écervelés, John. Un compromis serait-il impensable ?

— Pas forcément.

Jack jeta un regard triomphant à Targo.

— Jack ? reprit McClane. Si tu descendais, que je te botte les fesses à coups de camion ?

— L'image est audacieuse.

— Hip hip hourra ! Enfoiré de mes deux !

Cette fois, ce fut lui qui raccrocha.

— Je t'avais dit de ne pas jouer avec cet homme, épilogua Targo.

Un signe avant-coureur de migraine traversa le crâne de Jack. Il fouilla dans sa poche à la recherche de ses pilules dont il avala une poignée entière.

— Merci, Mathias. Voilà un précieux conseil.

Ils atteignirent la surface et Targo gara son camion pour regarder les suivants passer devant eux. Une voiture grise attendait sur le bas-côté ; Rolf et les deux autres faux flics du cratère de Wall Street restaient à l'intérieur.

Armé d'un fusil-mitrailleur, Targo mit pied à terre.

— Ton jeu avec le policier a duré assez longtemps. Tu sabotes toute la mission, c'est intolérable. Il faut le tuer, immédiatement.

Jack poussa un soupir en descendant à son tour.

— Bon, très bien, concéda-t-il.

Targo et les trois faux flics, tous équipés de fusils-mitrailleurs, revinrent vers la rampe qui menait à l'aqueduc.

Le regard de Jack tomba sur un objet qu'il connaissait bien, à l'arrière de la voiture.

— Arrêtez ! cria-t-il.

Targo fit volte-face. Il ne pouvait plus supporter Jack et ses fantaisies.

Ce dernier sourit quand il brandit la bombe que

McClane et Zeus avaient rapportée de la fontaine de Tompkins Square Park.

— Faites sauter le mur, dit-il.

Surpris, Targo ne sut que dire :

— Quoi ?

— Tu m'as très bien compris.

Targo laissa échapper un de ses rares sourires. Il prit la bombe des mains de son compagnon et courut vers le batardeau.

McClane se plaisait à imaginer ce qu'il ferait lorsqu'il se retrouverait face à face avec Jack. S'il en croyait le contremaître, il n'allait plus tarder à atteindre le batardeau où Jack allait devoir quitter le tunnel. D'après ses calculs, les camions n'en étaient plus loin.

Il s'interrogeait encore sur la façon dont Jack comptait sortir l'or du pays. L'Hudson coulait non loin de là mais aucun bateau d'un gros tonnage ne s'y risquait plus. A l'est, il y avait maintenant le Connecticut.

Pris d'un doute subit, il freina brusquement juste au bord de la fosse qui béait devant lui. Jamais le camion ne parviendrait de l'autre côté. Pourtant, le reste du convoi était passé par là. Il y avait certainement une planche ou une trappe quelconque qu'on avait délibérément supprimée après le passage du dernier camion-benne de Jack.

Il sortit, claqua la portière, partit inspecter les alentours. Le bruit se répercuta autour de lui comme une lugubre détonation. Peu après, un autre, encore plus fort, lui revint en écho... à cette différence près qu'il avait tout d'une explosion.

Voilà que ses oreilles lui jouaient des tours, ce qui n'avait rien d'étonnant après le traitement auquel il avait soumis son corps depuis le matin.

Comme il l'avait deviné, la plaque d'acier qui

servait à enjamber la fosse gisait au fond. Il sauta par-dessus et tâcha de la remonter mais un de ses côtés était bloqué et McClane ne pouvait la déplacer. Il tomba à genoux, glissa son épaule dessous, décidé à s'en servir comme d'un levier.

Sa concentration fut interrompue par un coup de tonnerre étouffé. Sauf qu'il était beaucoup trop loin sous terre pour risquer d'entendre le tonnerre. Et puis, aux dernières nouvelles, le soleil brillait et il n'y avait pas un nuage dans le ciel. Il décida de vérifier ce qui se passait, escalada le fond de la fosse et fit quelques pas dans le tunnel en direction du bruit.

Maintenant, il entendait plutôt de l'eau couler. Beaucoup d'eau. Le bruit s'intensifiait. L'obscurité aussi. Il regarda le profond tunnel éclairé par des lumières sous la voûte qui semblaient s'étendre à l'infini... des lumières qui, soudain, s'éteignaient une à une.

Il se passait quelque chose de bizarre. McClane ignorait ce que c'était mais préférait ne pas rester pour vérifier. Il repartit vers le camion, s'arrêtant juste une fois pour jeter un coup d'œil derrière lui. Pour la première fois depuis des années, il évoqua un voyage qu'il avait fait avec Holly aux chutes du Niagara. Il se rappelait encore le rugissement assourdissant des eaux. C'était ce même rugissement qu'il entendait maintenant, des eaux qui roulaient à une vitesse effrayante.

Aiguillonné par son instinct, il sauta par-dessus la fosse et courut vers le camion. En montant dans l'habitacle, il aperçut enfin la cause de tout ce bruit : un mur d'eau de dix mètres qui lui fondait dessus.

Il passa éperdument les vitesses et opéra le plus rapide demi-tour de l'histoire de l'automobile. Le pied au plancher, il fonçait à soixante à l'heure mais le lourd véhicule n'était pas de taille à lutter avec les éléments en furie.

L'eau eut tôt fait de le heurter, telle une tornade. McClane fut jeté contre la voûte alors que le camion était emporté au sommet de la vague comme une vulgaire planche de surf.

Une seule alternative: s'échapper ou mourir. Voilà deux mois qu'il se noyait lentement dans l'alcool, mais cela n'avait rien à voir avec la perspective de rencontrer son Créateur dans cette infernale machine à laver.

Le camion s'était rétabli; McClane devait en profiter pour se faire la belle. Passant par la fenêtre, il se hissa sur le toit. Le mur d'eau devait se déplacer à quelque chose comme cent vingt kilomètres à l'heure, dévalant le tunnel comme un train en débandade. McClane écarquillait les yeux, tâchant de distinguer ce qui l'attendait devant et, tout d'un coup, il trouva son salut: des rayons de soleil qui tombaient comme des javelots au travers d'une bouche d'aération creusée dans la voûte. Une grille ouverte pendait dessous, telle une échelle d'acrobate.

C'était risqué mais il n'avait pas d'autre chance d'en réchapper. Il arrivait à hauteur de la lumière. Il se mit debout, en équilibre instable, lança les bras en l'air et sauta à l'assaut de la grille. Ses doigts se refermèrent autour des barreaux au moment où le camion culbutait sous lui. Entraînée par son poids, la grille se balança et l'envoya heurter violemment la voûte du tunnel. Un linceul d'eau l'entoura, menaçant de l'entraîner dans son tourbillon mortel. Il dut faire appel à des forces qu'il croyait ne plus posséder et tint bon, grimpant à la force des poignets, barreau après barreau, lentement, affreusement lentement vers la lumière.

Il atteignait son but lorsqu'il fut balayé par une colonne d'eau jaillissante qui l'envoya haut dans l'air par-dessus la bouche d'aération. Il atterrit assis par terre et dut encore subir une douche glacée.

Lourdement, il tentait de se relever quand une Mercedes vint s'arrêter le long du trottoir, près de lui.

— Bon Dieu ! lança Zeus par la fenêtre. On dirait que tu viens de prendre un bain de merde.

Pour s'exprimer comme le grand yogi Berra, McClane passait par les multiples étapes d'un éternel recommencement. D'abord une nuit de cache-cache avec Hans Gruber dans la tour Nakatomi, ensuite, une autre nuit de Noël, une bataille de boules de neige à l'aéroport Dulles avec un colonel fou de puissance, le cerveau rongé par la drogue. Et maintenant une chasse au trésor mâtinée d'un jeu du chat et de la souris avec le frère de Gruber.

Mais, comme il l'avait dit, cette nuit-là, à Dulles, il n'aimait pas perdre.

Il s'installa tant bien que mal dans la voiture.

— Comment m'as-tu trouvé ? haleta-t-il.

— C'était abominablement difficile, dit Zeus en regardant la colonne d'eau qui jaillissait du sas de ventilation.

— Je croyais que tu devais aller au Yankee Stadium ?

— C'est ce que j'ai fait. J'ai même trouvé ça sur le banc. Une plaisanterie idiote.

Il lui envoya le jeu en plastique sur lequel McClane put lire à son tour l'inquiétant message : « LE JEU EST TERMINÉ. »

— Certainement pas, dit McClane. Il aurait dû se passer quelque chose là-bas.

— Eh bien, il ne s'est rien passé. Je n'ai vu personne.

— Pourtant, il y avait quelqu'un.

— Je te dis qu'il se paie notre gueule.

Une salve de balles jaillit soudain devant eux, puis une autre qui atteignit le coffre de la Mercedes.

— Putain de merde ! cria Zeus.

McClane plongea sur la banquette.

— Ça c'étaient les types qui n'étaient pas au stade. Ils t'ont suivi. Fonce ! Fonce !

Toutes sirènes hurlantes, la voiture de Cobb vint s'arrêter derrière l'école Chester A. Arthur. Une foule bruyante conspuait la police lorsqu'il émergea en compagnie de Jerry Parks, de Charlie Weiss et de sa secrétaire.

— Bon sang ! s'alarma-t-il en voyant les parents hystériques tenter d'escalader les barricades. Je croyais qu'on devait passer par-derrière.

— On est derrière, répliqua Connie Kowalski qui l'attendait dehors pour l'accompagner vers le bureau du directeur. Dans une demi-heure, on aura une émeute aux portes de toutes les écoles de la ville.

Cobb fut accueilli par une escouade de policiers en uniforme.

— Commencez par le dernier étage, ordonna-t-il. Vingt hommes par étage. Envoyez les cinquante derniers nous rejoindre au sous-sol.

Il se tourna vers Jane :

— Et McClane ?

— Pas de nouvelles. Westchester essaie d'emmener du monde vers l'aqueduc mais, s'il se passe quoi que ce soit, ils s'en sortiront moins bien que nous.

— C'est un peu ce que j'appelle mettre tous nos œufs dans le même panier, observa Weiss. Et si McClane se trompait ?

Lambert entra en coup de vent dans le bureau, accompagné d'une minuscule femme à cheveux gris.

— Walter, voici la directrice, Mme Martinez.

Cobb lut dans ses yeux la peur qui l'habitait et regretta de ne pas trouver un mot pour la rassurer. Il avait besoin d'elle pour l'aider à maintenir le calme parmi les enfants. Il savait que c'était beaucoup lui demander mais elle paraissait assez énergique pour assumer cette responsabilité.

— Comment allez-vous, madame? Un grand nombre de policiers va venir dans quelques minutes. Je voudrais que vous rassembliez les enfants dans la salle des fêtes.

La directrice acquiesça et courut alerter les professeurs.

Cobb espérait qu'il ne commettait pas une erreur monumentale en croyant dur comme fer le message que lui avait communiqué McClane par le truchement de Jerry Parks. Weiss disait vrai : ils mettaient tous leurs œufs dans le même panier. Mais ils n'avaient pas le choix. Et McClane, ce satané emmerdeur, avait plus souvent raison que tort.

Le chemin du Saw Mill avait été conçu pour les paisibles promenades de citadins à la campagne. C'était une route sinueuse, bordée d'arbres, à quatre voies étroites séparées par un rail de sécurité et certainement pas prévue pour échapper à une bande d'assassins potentiels.

Zeus faisait son possible pour maintenir sa vitesse et ne pas déraper à chaque virage ni trop tressaillir chaque fois qu'une balle atteignait la Mercedes. La lunette arrière explosa soudain, envoyant des éclats à travers tout l'habitacle.

McClane se retourna pour apercevoir derrière eux un combi Dodge qui se rapprochait dangereusement. Il s'empara de son pistolet, visa et vida son arme sur leurs poursuivants. La plupart des balles allèrent se loger dans le radiateur. Le combi fit une embardée et les laissa filer un instant.

McClane rechargea son arme en jurant, comme la Mercedes dérapait sur la gauche et manquait de peu le rail de sécurité. Le combi revenait sur eux et tentait de les pousser sur le côté.

— Fous le camp ! hurla Zeus à la camionnette Explorer qui se traînait comme un escargot devant eux.

— Passe de l'autre côté ! cria McClane alors que son voisin klaxonnait désespérément.

Une nouvelle volée de balles atteignit le siège arrière. McClane attrapa le volant et envoya la voiture à la droite de la camionnette, lui éraflant le côté. Le conducteur de l'Explorer perdit le contrôle de sa direction et se planta devant le combi qui fit un écart sur le minuscule bas-côté, dépassa l'Explorer et revint coller la Mercedes.

— Plus vite ! brailla McClane.

— Je suis au maximum.

McClane introduisit un nouveau magasin dans son pistolet.

— J'ai trouvé le vingt et unième Président, dit-il en s'apprêtant à tirer. Un certain Arthur.

— Quoi ? glapit Zeus. L'école élémentaire Chester A. Arthur ?

Il freina d'un coup. La voiture buta en avant et ralentit.

Avant que le combi puisse profiter de son avantage, McClane avait collé son pied sur l'accélérateur.

— Qu'est-ce que tu fous, bon Dieu ?

— Les gamins de mon frère sont dans cette école !

La Mercedes zigzaguait de droite à gauche, prenant toute la route à elle seule. La brève hésitation de Zeus avait permis au combi de les rattraper. Il enfonça l'arrière de la Mercedes et quelques coups de feu faillirent en scalper les passagers.

— Merde ! hurla Zeus.

— Laisse-moi conduire ! Passe par-dessus moi !

Zeus se hissa sur la banquette arrière tandis que McClane s'asseyait derrière le volant.

— Putain ! lança-t-il. Tu ne pouvais pas le dire plus tôt ? Evidemment que la bombe est dans leur école ! Il l'a fait exprès !

— Pour quelle raison ?

Zeus était-il devenu complètement idiot ?

— Pour s'assurer qu'il avait ta complète attention ! rétorqua McClane.

Il accéléra sans quitter la route des yeux, dérapa dans un virage, manquant de peu le bas-côté, et repartit en crabe sur la gauche.

Le combi avait disparu de leur vue. Zeus revint à la place du passager.

— Il faut qu'on retourne ! annonça-t-il.

— Qu'est-ce que tu ferais de plus ? Rester sur place à les voir sauter ? Laisse tomber. Il faut qu'on attrape Jack !

— Merde, je ne peux pas abandonner ces gosses !

— Laisse ton frère s'en occuper !

— Il ne peut pas. Il a été tué par un flic blanc.

McClane n'eut pas le temps de demander comment, Zeus fournissait la réponse :

— Dans une maison à crack, au cours d'une de leurs foutues descentes.

— S'il en était au crack, sa vie ne valait déjà plus un pet de lapin.

— Ta gueule ! Il détestait la drogue. Il avait une famille, une affaire qui marchait. C'était le mec le plus droit qui existait.

Le combi venait de reparaître derrière eux. McClane accéléra. La voiture était au maximum de sa vitesse.

— Alors qu'est-ce qu'il foutait là-bas ?

— Il voulait me ramener à la maison.

McClane jeta un regard en coin sur son compagnon.

— Ah, merde ! souffla-t-il.

A cet instant, le combi les heurta par l'arrière et les envoya de l'autre côté de la chaussée. Le conducteur se mit à leur hauteur et ils roulèrent de concert. Une rafale de balles hacha le toit et l'intérieur. Quant aux autres voitures, elles s'écartaient sur le bas-côté pour les éviter.

McClane et Zeus étaient pleins de débris de plastique, de verre et de cuir. Une balle érafla le cou de Zeus, une autre déchira le bras de McClane.

— Putain de merde ! hurlait Zeus sans discontinuer.

Le mitraillage cessa brusquement. Le combi recula. McClane en conclut que le tireur allait recharger son arme.

— Où est la boîte de fusibles ? cria McClane.

D'une main tremblante, Zeus indiqua un endroit sous le tableau de bord.

— Là.

— Mets les freins anti-braquage.

— Je ne sais pas lesquels...

— Alors mets-les tous ! Couche-toi par terre. Ça va faire mal !

Il vérifia son arme et, un pied calé sur l'accélérateur, il posa l'autre au-dessus du frein, prêt à appuyer, surveillant dans son rétroviseur le combi qui se rapprochait d'eux.

— Tes neveux ne vont pas mourir. Tu m'entends ? Cette bombe ne va pas exploser. On va trouver Jack et lui arracher le code de la gorge s'il le faut !

Le combi accélérait. McClane guettait le bon moment. Il les attendait, tapi comme un chat sauvage. Le tireur se penchait déjà à sa fenêtre, pour donner l'hallali.

McClane écrasa la pédale de frein, braqua le

volant et passa au point mort. A cent trente à l'heure, la Mercedes vira sur elle-même pour se retrouver face au combi. Les deux terroristes en restèrent bouche bée. McClane sortit son pistolet et fit feu en même temps que le tireur. Les balles s'entrecroisèrent dans un roulement incessant d'éclairs.

La Mercedes continuait de dériver sur elle-même et McClane de tirer. Il eut le temps d'apercevoir un flot de sang envahir la cabine. Le combi quitta la route. McClane dut faire une embardée pour l'éviter et perdit le contrôle de la Mercedes qui effectua un tonneau puis un second avant de s'arrêter en bordure de la route, sur le toit.

Zeus ouvrit les yeux, regarda le sol au-dessus de sa tête.

— Qu'est-ce qu'il s'est passé ?

McClane tâchait de se débarrasser de sa ceinture.

— Tu as ta carte du syndicat d'initiative ?

Ils s'extirpèrent en hâte de la voiture pour aller voir, non sans précautions, ce qui se passait du côté du combi. McClane abaissa son arme après un regard à travers le pare-brise explosé. Le tireur gisait en travers de la banquette, la moitié du visage arrachée. Le conducteur était à demi sorti par la portière et crachait son sang par un trou dans le ventre. Quant à sa poitrine, on l'aurait prise pour une pelote d'épingles.

— Eh ben ! commenta Zeus.

Son propre estomac faisait des bonds, si bien qu'il crut qu'il allait être malade. Il tourna la tête et la nausée passa. Quand il se fut repris, il put constater que McClane était agenouillé près du conducteur.

— Qu'est-ce que tu fais ?

— Je l'interroge.

— Qu'est-ce que tu veux qu'il te dise ? « Je suis mort » ?

— Je ne le saurai pas tant que je ne le lui aurai pas demandé. Vérifie s'il n'y a pas de l'aspirine dans la boîte à gants, tu veux ?

Zeus jeta de nouveau un regard sur le pauvre diable qui se vidait de son sang sur le tableau de bord. Pas question.

— Va voir toi-même.

McClane ne répondit pas, trop occupé à vider les poches du terroriste. Encore de fausses cartes mais aussi autre chose.

— Dix quarts de dollar.

— Quoi ?

— Le type dans le camion-benne avait aussi dix pièces de vingt-cinq *cents*.

Zeus haussa les épaules.

— Ils en font peut-être collection.

— Ouais, dit McClane en regardant vers le Connecticut. C'est peut-être aussi en vue d'un péage.

9

— Walter ! héla Connie Kowalski.

Elle faisait signe à son patron qui restait coincé entre Weiss et d'autres hommes de l'équipe de déminage.

Cobb et Weiss traversèrent en hâte le corridor pour la rejoindre, elle et Lambert qui avait fouillé la cantine de l'école. Celui-ci les conduisit à la cuisine et leur montra un alignement de réfrigérateurs monumentaux.

Il désigna celui du fond :

— Le concierge dit qu'on l'a livré ce matin. Il n'est pas branché, vous voyez ?

Cobb hocha la tête.

— Oui.

— Regardez la porte.

L'affichage lumineux fonctionnait.

— On va démonter les gonds. Faites évacuer tout le monde, dit Weiss.

Cinq minutes plus tard, il inspectait la porte du réfrigérateur à l'aide d'une lentille optique spécialement conçue pour chercher des explosifs à travers les métaux.

Dans l'attente du diagnostic, Cobb retenait son souffle.

— Elle n'est pas branchée. Ouvrez.

Deux démineurs ôtèrent précautionneusement la

porte et la posèrent à côté. A l'intérieur se trouvait une version géante de la bombe que Weiss avait apportée le matin dans le bureau de Cobb : deux énormes bouteilles de liquide transparent et deux autres, plus petites, pleines de liquide rouge, toutes reliées à un chronomètre digital. Les chiffres des secondes se chassaient l'un l'autre : 20'23... 20'22... 20'21... A côté, un clavier d'ordinateur et un écran sur lequel était affiché : CODE DE DÉSAMORÇAGE. L'espace où auraient dû apparaître les numéros était vide.

Weiss poussa un léger soupir.

— Vous pouvez renvoyer vos troupes à leurs occupations.

Au volant du combi, McClane était certain d'avoir deviné. Le dernier arrêt de Jack avant que l'or quitte les Etats-Unis ne pouvait être que Bridgeport, dans le Connecticut. Les camions devaient avoir emprunté la même route que Zeus et lui venaient de suivre : la I-95, large autoroute à péage qui consommait beaucoup de quarts de dollar, très fréquentée par les poids lourds.

Bridgeport avait le double avantage d'être d'abord un grand port marchand équipé pour recevoir des navires de gros tonnage comme devrait en utiliser Jack, ensuite de se trouver assez éloigné de New York pour que nul ne songe à faire la relation entre sa cargaison et les bombes.

McClane devait reconnaître qu'il avait affaire à un adversaire plein de ressource. Mais lui en possédait davantage encore. Au péage, il lança une pièce dans le réceptacle prévu à cet effet et s'engagea sur l'un des deux ponts qui franchissaient le port.

— Là ! cria Zeus. Par là !

Une file de camions-bennes stationnait sur un quai d'où venait d'appareiller un navire. Sa grue, qui avait très certainement servi à charger l'or à bord, pointait vers le ciel, tel un doigt moqueur.

— Ils sont sur ce bateau ! cria Zeus. On arrive trop tard !

Ils sautèrent du combi et coururent vers la balustrade. Le bateau arrivait à mi-chemin entre le quai et le pont où ils étaient garés.

— Merde !

McClane fit volte-face et hurla à un motocycliste qui passait d'appeler la police.

— Laissez tomber le téléphone, allez les voir, faites les venir ici tout de suite ! dit-il à l'homme qui ne savait trop s'il fallait prendre au sérieux ce malade.

Pendant ce temps, Zeus regardait par-dessus la balustrade, complètement écœuré de voir ainsi s'éloigner le bateau de Jack.

Soudain, la solution l'électrisa comme une décharge.

— Je peux sauter ! Je vais sauter sur le pont de ce navire !

McClane secoua la tête. Zeus lui était de plus en plus sympathique. Après tout ce qu'ils venaient de traverser, il n'allait pas le laisser se suicider.

— Il y a au moins trente mètres, d'ici au bateau.

— Pas si je vise la grue.

— Tu ne l'attraperas jamais.

Cependant, une idée commençait à se former dans l'esprit de McClane.

— Je ne vais pas laisser ce salaud tuer mes neveux !

— Ce n'est pas en t'écrasant sur ce pont que tu les aideras.

Il écarta Zeus de la balustrade, fit le tour du combi et se mit en devoir de dérouler le câble du treuil qui en équipait le capot.

— Arrête de dire des conneries et tâche plutôt de trouver des gants.

Des gants ? Zeus n'en revenait pas. Mais jusqu'ici, la plupart des initiatives de McClane s'étaient révélées justes. Trente mètres, ça faisait quand même beaucoup. Si McClane avait une meilleure idée, autant l'essayer.

Il alla fouiller dans le combi et y trouva des gants ainsi qu'un chiffon sale. Quand il revint vers l'avant, McClane avait déroulé à peu près quinze mètres de câble et en vérifiait le crochet du bout.

Il regarda par-dessus le pont.

— Là !

Il fit descendre le câble et attendit que le navire arrive dessous ; alors il donna de la longueur et le balança d'arrière en avant, cherchant à harponner la grue avec le crochet. La première fois, il la manqua pour avoir visé trop à gauche. Corrigeant son erreur, à la deuxième tentative, il sentit une résistance indiquant qu'il avait une touche. Comme à la pêche.

Zeus regarda le câble ainsi tendu au-dessus de l'eau.

— Et alors ? demanda-t-il.

— Attends qu'il se trouve à l'horizontale et il ne te restera plus qu'à le suivre.

Il lui décocha un clin d'œil :

— Facile, non ? Tu as trouvé des gants ?

Zeus lui montra ce qu'il apportait. Son compagnon désigna le chiffon d'un air moqueur :

— Qu'est-ce que tu veux faire de ça ?

— Tu verras.

— Ouais, et tu n'auras plus de mains.

Il lui rendit les gants, détacha de ses épaules le harnais de son étui de pistolet pour l'enrouler autour de ses mains puis entreprit d'enjamber la balustrade afin de saisir le câble.

Zeus le prit par le bras.

— Ne fais pas ça. Depuis ce matin, je t'ai laissé prendre tous les risques. A mon tour.

Après tout, c'était lui qui avait eu l'idée. Il grimpa sur la balustrade et glissa le câble entre ses paumes gantées. Puis il attendit de le voir se stabiliser.

McClane contemplait les eaux gris-bleu du détroit de Long Island. Il voulait poser une question à Zeus depuis que celui-ci lui avait avoué avoir été drogué au crack. Ce n'était peut-être pas le moment mais, sans trop savoir pourquoi, il désirait obtenir une réponse maintenant.

— Dis-moi, comment ça s'est passé quand tu as compris que ton frère s'était fait tuer à cause de toi ?

Zeus lui décocha un regard brillant de colère.

— C'est un flic blanc qui a pressé la détente, ajouta McClane, mais c'est à cause de toi qu'il est mort ! Tu le sais bien.

Zeus avait du mal à l'admettre, pourtant son compagnon avait raison. La pure et simple vérité voulait qu'il soit responsable de la mort de son frère.

— J'aimerais savoir comment tu as pu remonter la pente après ça.

Le câble était maintenant tout droit. Zeus s'apprêtait à se glisser au-dessus de l'eau.

— Chaque chose en son temps, maugréa-t-il.

Cela, il l'avait appris à la dure et c'était même la seule leçon qu'il ait jamais retenue de la vie.

Une prière aux lèvres, il s'élança et descendit à la force du poignet vers le navire. Les gants l'aidaient un peu mais il sentait quand même la brûlure du câble et les muscles de ses bras semblaient hurler de douleur. Le souffle court, les épaules en feu, il s'efforçait de ne pas songer de quelle hauteur il tomberait s'il venait à tout lâcher.

Quand il se crut à mi-chemin, il commit l'erreur de jeter un coup d'œil en bas. L'un des terroristes venait d'apparaître sur le pont arrière.

— Et merde ! souffla-t-il.

McClane, qui se trouvait juste au-dessus de lui, suivit son regard. Le terroriste ne les avait pas encore vus. Une seconde plus tard, une secousse brutale leur fit lever la tête : le treuil arrivait en bout de course et le combi penchait dangereusement vers l'eau.

— Ne me demande pas pourquoi, mais dépêche-toi, cria-t-il à Zeus.

Le combi vint s'écraser contre la balustrade qui vibra sous le choc. Le câble donna de la bande.

Balançant des jambes, ils se hâtaient d'atteindre la grue avant que tout lâche. Ils allaient atteindre leur but lorsque le terroriste leva la tête.

— Hé !

Stupéfait, il eut cependant tôt fait de brandir son fusil-mitrailleur.

Suspendus au-dessus de lui, tous deux s'immobilisèrent. Derrière eux, la balustrade se tordait et finit par céder sous le poids du combi.

Le véhicule fit un bond en avant et plongea, entraînant le câble dans sa course. Il atteignit l'eau dans un craquement sonore, suivi du câble qui lâcha d'un coup et fouailla violemment la surface avant de revenir en arrière, vers le pont du bateau où se tenait le terroriste. Celui-ci n'eut pas le temps de réagir, qu'il était accroché comme un poisson à son hameçon et allait donner de plein fouet dans la paroi de métal.

McClane et Zeus heurtèrent ensemble la grue. Si Zeus parvint à l'attraper et à s'y agripper solidement, il n'en fut pas de même pour McClane qui tomba sur plusieurs mètres avant de s'accrocher à son tour.

— Tu parles d'une idée ! cria Zeus. C'est pas vrai ! Je suis bien content de ne pas avoir sauté !

Il descendit le long de la grue, suivi de McClane qui avait l'épaule en compote et souffrait tant qu'il eut envie d'envoyer son compagnon au diable. Qu'il aille se faire voir ! On était en démocratie. Il n'avait qu'à sauter puisque ça le tentait tellement.

Enfin, il le lui dirait plus tard parce que, pour le moment, il s'agissait de reprendre des forces en vue de ce qui allait suivre. A commencer par ce cadavre qu'il fallait cacher aux yeux des autres terroristes.

— Prends-le par les pieds, dit McClane.

Lui-même l'attrapa par les bras et ils l'emportèrent derrière une pile de gréement.

McClane voulut consulter sa montre et s'aperçut qu'elle était en miettes.

— Quelle heure as-tu ?

— Douze minutes, dit Zeus.

McClane souleva le poignet du terroriste.

— Lui a onze minutes. Espérons qu'il avance.

Mais Zeus avait hâte de se mettre en route.

— Qu'est-ce qu'on fait, maintenant ?

— On se sépare et on cherche Jack. Ce navire doit avoir une liaison radio avec la côte. On le traîne devant et on téléphone le code.

Comme toujours, McClane avait prévu l'étape suivante et les ordres à donner.

— J'essaie le pont supérieur, toi les cabines.

Avisant le fusil-mitrailleur du terroriste, il s'en empara et le lança à Zeus.

— Tiens, prends ça.

Zeus le saisit du bout des doigts, non sans répugnance.

— Comment ça marche ?

— Tu ne sais pas utiliser un fusil ? demanda McClane, incrédule.

— Et alors ? Tu crois peut-être que les Noirs sont nés une arme à la main ? Salaud de raciste !

— Porte plainte si tu n'es pas content. Tiens, en attendant, tu tires ça d'un coup sec et tu appuies sur la détente.

— C'est tout ?

Zeus épaula, jeta un coup d'œil dans le viseur.

— Tâche de ne pas te tirer dessus, commenta McClane.

Zeus lui répondit d'un regard mauvais puis se mit en quête des cabines, mais McClane n'allait pas le laisser partir sans un minimum de conseils :

— Ecoute. Si tu le trouves, ne joue pas les héros. Viens me chercher.

Cobb ne pouvait détacher son regard de la bombe que Jack avait mise dans le réfrigérateur. Son cœur battait au rythme du chronomètre, un battement par seconde.

— Vous pourrez l'arrêter ?

— Je ne devrais même pas la toucher, dit Weiss en faisant nerveusement craquer ses doigts. Qui sait quel piège elle renferme ? Vous savez quelque chose pour le code ?

Et ce maudit McClane qui n'avait laissé aucun moyen de le joindre ! Cobb l'imaginait affalé dans quelque bar à vider une bouteille de scotch.

— Non, souffla-t-il.

Lambert avait inspecté la cantine en fumant cigarette sur cigarette malgré l'interdiction.

— Quand est-ce qu'on évacue ?

— Jack a dit que s'il voyait un seul enfant sortir… rappela Cobb.

Lambert avait trois enfants dans une école du Queens. Il ne voyait qu'eux quand il songeait aux gosses rassemblés dans la salle des fêtes, inconscients du drame qui se jouait dans la pièce voisine.

— On ne va pas rester assis sur nos derrières à attendre que tout saute ! protesta-t-il.

Cobb pesa le pour et le contre et finit par conclure que Lambert avait raison. McClane mettait trop de temps à se manifester. Peut-être n'appellerait-il jamais pour indiquer le code. Ils devaient sortir les gosses de cette bâtisse pour le cas où Weiss ne pourrait désamorcer la bombe à temps. D'une façon ou d'une autre, ils l'empêcheraient de nuire.

Il s'avisa que s'il existait quelqu'un au monde capable de se faire entendre et obéir des enfants, c'était Connie Kowalski. Après avoir averti la directrice, il mit rapidement un plan au point avec ses adjoints et les envoya tous les trois dans l'auditorium.

Lambert frémit quand ils traversèrent l'allée centrale pour gagner la scène. Une jeune maîtresse se tenait sur le devant, faisant répéter aux gosses une chanson assourdissante.

Elle leur adressa un faible sourire quand elle aperçut les policiers, leva la main et fit signe à son public de faire le silence.

— Très bien ! dit-elle. Maintenant regardez qui vient nous voir ! Madame Martinez. Tout le monde crie : « Bonjour, madame la directrice ! »

— Bonjour, madame la directrice ! braillèrent les enfants avec application.

Mme Martinez joignit les mains et attendit que le silence revienne. Lambert se tenait assez près d'elle pour voir qu'elle tremblait de peur. Mais quand elle prit la parole, sa voix semblait calme et insouciante.

— M. Lambert nous vient de la caserne de pompiers, annonça-t-elle. Il va nous montrer un nouvel exercice contre les incendies. Tout le monde debout. Nous allons former un seul rang bien droit par ici.

La salle se remplit de bruits de pieds et de murmures entrecoupés de petits rires des enfants enchantés de cette aventure inattendue. Suivant les indications de leurs professeurs, ils commencèrent par former des rangs bien droits au bout de chaque rangée de sièges.

Les neveux de Zeus, Dexter et Raymond, étaient assis l'un à côté de l'autre au fond de la salle.

— Tu paries que c'est pas un exercice ! Ce type a jamais été pompier de sa vie !

Raymond leva un regard anxieux sur son grand frère.

— Tu crois que c'est à cause du magnétophone ?

— Non.

Il avait beau l'affirmer, Dexter n'en était pas vraiment sûr.

Son incertitude suffit à Raymond. Il avait vu des centaines de films policiers. On allait les arrêter, les jeter en prison, prendre leurs empreintes digitales, les interroger sous des lampes éblouissantes, peut-être même les traîner dans un tribunal. Zeus les tuerait. Ils étaient perdus, à moins de s'enfuir quand il en était encore temps, avant que les flics les attrapent.

— Tony a craché le morceau ! s'écria-t-il. Viens vite !

Cobb entra dans la salle des fêtes pour y trouver les écoliers alignés sur deux rangs devant les sorties.

— J'ai fait donner un dernier coup de balai, l'avertit Mme Martinez.

Elle avait envoyé les gardiens vérifier chaque classe et les fermer à clé mais, tout consciencieux qu'ils soient, ils songeaient également à leur propre sécurité, aussi ne jetèrent-ils qu'un bref coup d'œil avant de s'en aller.

Dexter, Raymond et deux autres garçons qui s'étaient esquivés avec eux de la salle des fêtes avaient entendu quelqu'un approcher et s'étaient cachés derrière le bureau du professeur. Ils retinrent leur souffle, le temps d'entendre la porte se fermer et les pas s'éloigner.

Raymond lança les bras en l'air. Hourra ! Il sortit un paquet de cartes qu'il mélangea.

— D'accord ! dit-il. Poker à cinq mises.

Targo était soupçonneux d'instinct. Il ne faisait confiance à personne, sauf à son garde du corps et assistant, Berndt. Les deux hommes avaient grandi ensemble en Hongrie, passé ensemble leur service militaire où ils avaient appris à fabriquer des bombes et d'autres armes de destruction sophistiquées.

Targo était le plus intelligent des deux mais Berndt possédait un incroyable flair pour sentir venir le danger. Totalement dévoué à son patron, il guettait les moindres signes de trahison ou de double jeu. Il doutait de Jack depuis le début de l'opération mais avait jusque-là gardé ses impressions pour lui.

Il partit à la recherche de Targo et le rencontra sur le pont inférieur, s'apprêtant à rejoindre Jack et Katya.

— J'ai trouvé quelque chose qui pourrait t'intéresser.

— Pas maintenant, dit Targo. On n'a pas le temps.

— C'est important.

Buté, il planta ses cent kilos de muscles devant son patron pour l'empêcher de passer.

— Qu'est-ce qui est si important ? demanda Targo, impatienté.

Berndt ouvrit le poing et lui présenta un morceau de ferraille qu'il avait trouvé dans la cale. Targo fronça les sourcils. Jack attendrait. Ceci méritait en effet une enquête plus approfondie.

McClane venait d'atteindre le dernier barreau de l'échelle qui menait à la cale lorsqu'un terroriste apparut subitement dans l'obscurité. L'homme le dévisagea, muet de surprise.

— Où se trouve le casino ? demanda McClane.

L'homme attrapa son arme mais McClane fut

plus rapide que lui. Deux coups de feu et Jack perdait un autre membre de son équipe.

Abandonnant le corps au pied de l'échelle, McClane se précipita dans le corridor, s'esquivant dans l'ombre lorsque deux autres hommes passèrent.

La cale était aussi sombre que tranquille, pleine de caisses et de conteneurs. L'arme à la main, McClane se faufila parmi les allées pratiquées entre les charges, espérant trouver Jack dans les parages. Il devait lui rester huit ou neuf minutes au plus avant que la bombe explose. Il fallait absolument obtenir ce code au plus vite. Si Jack parvenait à émouvoir sa générosité, il le laisserait peut-être pourrir en prison le restant de ses jours au lieu de lui brûler la cervelle. On verrait bien.

Il se plaqua contre le mur, suivit un angle, pour s'apercevoir soudain qu'il avait de la compagnie. Un grand costaud, rien à voir avec Jack, qui lui barra brusquement la route. Il fit feu. L'autre répliqua. McClane plongea derrière un conteneur et tira encore trois fois, envoyant l'homme à terre.

L'arme à la main, il vint se pencher sur le terroriste. Celui-ci ne l'inquiéterait plus. Il reprit sa chasse à l'homme et aperçut quelqu'un d'autre, debout sur un conteneur. A la lumière, il reconnut sans peine un des sujets que lui avait montrés le FBI en photo le matin même : Targo !

Celui-ci plongea dans un coup de pied de karaté que McClane ne put éviter à temps. La botte l'atteint au visage et l'envoya valser en arrière. Son pistolet lui échappa, filant derrière un conteneur. Avant de pouvoir se relever, McClane émit un sourd grognement car il recevait tout le poids de son adversaire qui d'un bras l'immobilisa, de l'autre lui décocha un direct en pleine mâchoire. L'homme était d'une incroyable brutalité et McClane eut comme l'impression qu'il allait lui en faire voir des vertes et des pas mûres.

Il faisait chaud dans la cantine, pourtant ce n'était pas ce qui faisait transpirer Weiss. Il avait l'habitude de travailler dans la tension mais celle-ci avait pris un tout autre sens, aujourd'hui. Pour commencer, il avait pensé désamorcer en vérifiant les circuits, seulement ses essais ne donnaient rien du tout.

— Gros malin ! maugréa-t-il.

Il but une gorgée d'eau fraîche et plongea ses mains moites dans le talc pour les sécher. Puis il prit ses coupoirs et se mit en devoir d'inciser les fils.

— Allez, chérie, on va danser.

Dans la salle voisine, Lambert et Connie Kowalski se tenaient chacun devant une porte de sortie, face aux enfants qui ne formaient plus qu'une seule file.

— Très bien, les sportifs, dit Lambert. Dans une minute, on va faire la course.

Il souriait encore quand il se pencha pour murmurer à Cobb :

— Vous ne croyez pas que vous prenez un bien grand risque ?

Cobb regarda sa montre. Encore deux minutes et demie. Les enfants commençaient à s'impatienter. Ils sentaient la tension qui régnait dans toute l'école et cela leur faisait peur. Il fallait les faire sortir maintenant, tant qu'ils étaient encore assez calmes pour obéir. Il ne fallait plus attendre une seconde.

Sur un signe de leur chef, Lambert et Kowalski ouvrirent les portes vers la cour de récréation, à une centaine de mètres de la rue. Et à trois cents mètres du salut.

— Bon ! cria Lambert. A mon signal, tout le monde court comme des fous. On va battre tous les autres. Prêts ? Partez !

Les enfants se ruèrent dans la cour en hurlant d'excitation, se bousculant pour mettre le plus de distance possible entre eux et la chose horrible qui se trouvait à l'intérieur de l'école. Lambert et Kowalski partirent derrière eux, emportant au passage les plus petits tombés à terre et qui risquaient de se faire piétiner.

Les agents qui se tenaient devant les barrières bleues de la police, de l'autre côté de la rue, coururent à leur rencontre et les entraînèrent à l'abri. Enfin, le dernier traversa la chaussée.

Kowalski, Lambert et Cobb regardaient l'école maintenant à peu près vide en se demandant si Jack allait mettre ses menaces à exécution. Rien ne se produisit. Pas d'explosion. Pas de boule de feu. Pas de bâtiment sautant sur place.

— Je vous disais que c'étaient des conneries, observa Lambert.

Cobb vérifia de nouveau l'heure à sa montre.

— Il faut faire sortir Charlie.

Il parla dans son casque :

— En route, Charlie. Ne restez pas là.

— Encore trente secondes, répondit la voix de Weiss.

Il avait déjà sectionné quatre fils ; il lui en restait donc six... Deux minutes, quatre secondes, indiquait le chronomètre.

— Il vous faudra une minute quinze pour arriver, Charlie. Et, la dernière fois que je vous ai vu, vous n'étiez pas du genre pied léger.

— D'accord.

Weiss n'aimait pas abandonner si près du but.

Cobb allait lui lancer une autre admonestation quand Connie Kowalski s'exclama :

— Ô mon Dieu !

Elle désignait l'école, une fenêtre du troisième étage à laquelle s'aplatissaient les nez de plusieurs garçons.

— Seigneur Dieu ! Dites-leur de descendre ! ordonna Cobb.

— Miséricorde! lança Mme Martinez. Moi qui ai dit aux gardiens de tout fermer à clé!

— Viens! cria Kowalski à Lambert.

L'un des gardiens fit signe à ce dernier:

— Hé!

Il lui lança un énorme trousseau de clés.

Weiss quittait la cantine quand il entendit dans son casque une partie des commentaires de Cobb.

— Qu'est-ce qu'il se passe, Walter?

Dans un grand soupir, l'inspecteur-chef répondit:

— Il reste encore des enfants dans l'école.

Voilà qui résolvait la question.

— Je reste.

— Non, fichez le camp de là, Charlie!

Weiss éteignit son casque et se rassit devant la bombe. Il allait terminer ce qu'il avait commencé même si c'était la dernière chose qu'il devait jamais faire.

10

Les coursives où Zeus cherchait Jack étaient tellement tranquilles qu'il commençait à se demander si les rats n'avaient pas quitté le navire. Il passa devant des cabines vides, escalada une montée, en descendit une autre sans rencontrer âme qui vive.

Il allait abandonner et se mettre en quête de McClane quand il perçut la voix qu'il commençait à bien connaître à force de l'avoir entendue au téléphone, en train d'aboyer des ordres. Au détour du corridor retentirent des pas lourds. Pourvu qu'ils ne viennent pas dans sa direction.

Ses doigts se crispèrent sur la détente du fusil. Il inspira profondément et se cramponna puis franchit l'angle et tomba sur le dos de Jack.

— Bouge pas ! cria-t-il.

Lambert et Kowalski escaladèrent une interminable volée de marches. Le temps d'arriver au troisième, ils transpiraient à grosses gouttes et ne pouvaient plus respirer. Ils entendirent les enfants crier et tambouriner à la porte longtemps avant d'arriver à hauteur de leur classe.

Lambert fouilla parmi les innombrables clés qu'on lui avait remises, cherchant désespérément la bonne.

— Et puis merde ! s'exclama-t-il finalement.

D'un coup d'épaule il enfonça la porte.

Ils prirent les enfants avec eux et Connie Kowalski partit vers l'escalier.

— Pas le temps ! hurla Lambert. Le toit ! On sautera sur le bâtiment voisin !

Ils atteignirent le dernier palier. Une grille cadenassée fermait l'accès au toit. Les enfants, maintenant terrifiés, se mirent à pleurer. Lambert se jeta contre la grille qu'il enfonça et se hissa sur le toit puis resta pour tirer les enfants que Kowalski poussait devant elle.

Quatre étages plus bas, Weiss levait la tête et parlait dans son casque.

— Où sont-ils, Walter ?

— Toujours à l'intérieur.

Le chronomètre était à une minute quatorze secondes. Weiss prit une longue inspiration et remit du talc sur ses mains.

— Pas de tripes, pas de gloire, murmura-t-il.

Zeus brandit le fusil contre la nuque de Jack.

— Donne-moi le code, salopard !

Celui-ci tourna lentement sur ses talons et contempla Zeus sans cacher sa surprise.

— Je crains que ce ne soit pas possible, lâcha-t-il paisiblement.

Zeus allait lui demander pourquoi mais la question lui resta dans la gorge quand il sentit le froid contact d'un fusil à double canon derrière son crâne.

— Abaisse ton arme, face de goudron, susurra Jack.

Zeus était trop furieux pour seulement éprouver de la peur.

— Va te faire foutre, espèce de nazillon du bloc de l'Est. Tu me donnes ce code ou j'éclate ton cul blanc.

Jack plissa les yeux, contempla le fusil et subitement sourit. Zeus ne s'était même pas aperçu que la sécurité restait en place. Ce n'était qu'un amateur qui jouait les héros.

— Vas-y, dit-il avec mépris.

Zeus ne se le fit pas dire deux fois. Il appuya sur la détente. Rien ne vint.

— Il faut d'abord ôter la sécurité, dit Jack en le désarmant.

Pour achever sa démonstration, il arma le fusil et pointa le canon sur la jambe de son adversaire et fit feu. Zeus poussa un hurlement de douleur avant de tomber aux pieds de Jack.

— Tu vois ? dit celui-ci.

A vingt-huit secondes, Weiss était complètement perdu. Il jouait à la roulette russe en se demandant lequel des quatre derniers fils restait à couper. A vingt-sept secondes, la bombe se mit à ronronner. Le liquide rouge descendit en spirale dans les bouteilles pleines de liquide transparent. Weiss ferma les yeux, retint son souffle et coupa au hasard. Il rouvrit les yeux. Il était toujours vivant. L'école restait intacte. Et la bombe faisait tic-tac.

McClane se libéra de l'étreinte suffocante de Targo et roula sur le côté pour récupérer son arme. Il ne l'avait pas atteinte que l'autre lui fondait encore dessus, lui bourrant de coups de poing le dos, le cou et le visage. McClane plia les genoux et visa l'entrejambe de son adversaire ; celui-ci se plia en deux en gémissant, lui laissant le temps de se redresser et de lui assener un direct qui le cueillit en pleine poitrine. Le choc en aurait achevé plus d'un mais Targo semblait à peine éprouvé.

Il recouvra ses esprits en un tournemain et cueillit McClane d'un uppercut en plein menton ;

malgré le sang qui lui montait à la bouche, le policier lui administra un crochet dans l'estomac. Targo recula non sans agripper McClane par la gorge ; alors il le martela de coups de poing.

— Toute la journée je ne vois que toi, mon petit bonhomme, commenta-t-il en ponctuant chaque mot d'un coup. Et tu t'obstines encore.

— Je suis le lapin qui a les meilleures piles.

N'empêche qu'il avait du mal à esquiver la droite impitoyable de Targo.

Celui-ci l'envoya contre une cloison et, un instant, McClane crut ne plus rien voir autour de lui. Quand il reprit ses esprits, Targo lui enfonçait les gencives.

— Qu'est-ce que tu vas faire maintenant ? dit-il en lui écrasant le nez. M'arrêter ?

Un autre coup sur la joue.

— Hein, mon lapin ?

Un grand coup dans le ventre coupa le souffle de McClane qui s'effondra comme une poupée de chiffon. Targo le lâcha et se mit en quête de son arme.

McClane reprit ses esprits.

— Non, je ne vais pas t'arrêter, marmonna-t-il.

Il se traîna derrière un grand conteneur où Targo ne pouvait plus le voir et se mit en devoir de détacher le taquet qui maintenait l'énorme caisse en place.

— Je vais te tuer !

Jetant tout son poids sur le conteneur, il le fit glisser contre le rail sur lequel il avait été garé, dans un grincement de plus en plus fort.

Targo fit volte-face comme le conteneur se jetait sur lui mais ne put s'échapper lorsque l'énorme masse vint l'écraser contre le mur dans un fracas qui se répercuta à travers toute la cale.

Moulu de coups, plein de sang, McClane s'approcha de Berndt en titubant et lui prit son pistolet. Le magasin était plein. Reconnaissant de cette petite faveur, il se traîna jusqu'à la porte et remonta l'escalier.

— Pas de tripes, pas de gloire, se disait Weiss.

Le chronomètre indiquait vingt secondes. Trois fils restaient accrochés au côté du récipient. Il en choisit un et voulut le couper en deux mais celui-ci résista ; trop dur. Il essaya de nouveau, des deux mains. La prise s'arracha d'un coup à la grosse bouteille et le liquide explosif se répandit à l'air, le trempant de taches rouge sang.

Une goutte avait atteint ses lèvres qu'il lécha machinalement. Il faillit en tomber à la renverse.

— Du sirop de myrtille ?

Le chronomètre indiquait zéro.

McClane ouvrit la porte du pont et balaya la pièce de son bras armé. Personne. Il s'approcha du téléphone, appuya sur le zéro.

— Opératrice ! lança-t-il dès qu'une voix lui répondit. Ici McClane de la police de New York. Passez-moi la brigade fluviale immédiatement ! Je me fiche que toutes vos lignes soient occupées.

Il hocha vivement la tête quand lui vint la réponse.

— Je pense bien que c'est urgent ! Je suis sur un bateau dans le détroit de Long Island en compagnie d'un groupe de terroristes et de quelques centaines de milliards de dollars d'or volé.

La femme semblait plutôt lente d'esprit.

— Si je reste en ligne ? Vous croyez que je m'amuse ou quoi ?

Pendant qu'il attendait sa communication, il inspecta de nouveau la pièce autour de lui et jeta un coup d'œil par le hublot. Il faillit en perdre son pistolet d'effroi.

Une bombe, presque identique à celle qu'il avait trouvée dans le parc, se balançait au bout d'un fil accroché à la grue. A cette différence près que celle-ci devait faire à peu près dix fois la taille de l'autre.

Une pièce du puzzle trouva sa place.

— Bon sang de bois ! grommela-t-il.

Il revint au téléphone.

— Ma toute belle, pendant que vous y êtes, dites-leur que la bombe de l'école est fausse. J'ai la vraie en face de moi.

Levant la tête, il s'aperçut qu'il était entouré par les hommes de Jack, tous armés jusqu'aux dents. Une femme, en qui il reconnut Katya, fit entrer Zeus dans la cabine, un revolver collé sur sa tête. Fermant la marche, arrivait Jack. Finalement, ils se retrouvaient face à face.

— Mon Dieu ! lança celui-ci. Qu'avez-vous fait ?

McClane dut se retenir de lui arracher la tête mais la forêt de fusils braqués sur lui le dissuada de faire le moindre geste brusque.

— J'ai une opératrice de la marine au bout du fil, enfoiré ! J'ai mis fin à ton petit jeu.

— Merci. J'espère qu'elle est toujours là, rétorqua Jack. C'est tellement difficile d'obtenir une communication.

Un de ses hommes débarrassa McClane de son arme et l'envoya rejoindre Zeus qui arborait un garrot autour de sa jambe blessée.

Jack haussa un sourcil comme pour encourager McClane à l'écouter :

— Opératrice ? Ici Jack Gruber. Oui, ma chère, un des terroristes. Pourriez-vous enregistrer cet appel ? Bon, alors, vous pouvez commencer, j'ai quelque chose d'assez important à dire.

Il déplia une feuille de papier et se mit à lire :

> « Ceci est un communiqué de la Faction Combattante Révolutionnaire. Nous pensons que vous avez trouvé notre petite farce à l'école assez amusante. Ce qui suit le sera moins. Voici

trop longtemps que l'Occident conspire pour voler la richesse du monde en assujettissant le reste de l'humanité à l'esclavage économique et à la faim. Aujourd'hui, à la demande de mes amis, nous allons aplanir le terrain de jeu. Dans un quart d'heure, ce bateau et tout le contenu de la Federal Reserve Bank, l'or sur lequel reposent vos magnifiques économies, seront rendus au fond de l'océan. Vous êtes cordialement invités à venir jouir du spectacle. »

Il replia le papier et dit à l'opératrice :

— Pourriez-vous veiller à ce que les autorités et les médias reçoivent ceci sur-le-champ ? Merci, ma chère.

Après avoir raccroché, il se tourna vers ses hommes.

— Mettez le colis dans la cale. Réglez le pilotage automatique et installez-vous dans la chaloupe.

Tandis que la bombe disparaissait dans la cale, Jack et Katya emmenaient McClane et Zeus dans le magasin. Entre-temps, la bombe avait été fixée à une cloison. Jack adressa un signe de tête à Katya.

Zeus écarquilla les yeux quand il la vit connecter les fils et régler le chronomètre.

— Vous allez tout faire sauter ? demanda-t-il, incrédule.

McClane secoua la tête.

— Je n'en crois rien.

— Personne ne vous y force, dit Jack. Vous ferez pourtant partie du voyage. Ils vont draguer le port pendant des années. Tous les marchés s'effondreront. Essayez seulement d'imaginer le prix du pétrole à l'ouest de la Syrie.

— Alors, tu n'as jamais eu l'intention d'assassiner des enfants ? dit McClane.

Jack prit un air faussement peiné.

— Pour quelle sorte de monstre me prenez-vous ?

— Et ça n'avait non plus rien à voir avec ton frère ?

Jack partit d'un rire sec et déplaisant, qui fit grincer des dents à McClane.

— Hans était un gredin sans imagination. Disons que nous n'étions pas très proches l'un de l'autre.

— C'était un gredin, et toi tu es un psychopathe. Charmante famille. Ta mère était du même tonneau ?

Ce commentaire eut le don d'arrêter là toute badinerie. Jack le dévisagea dans un silence glacial jusqu'à ce que Katya ait fini d'amorcer la bombe. Alors il ordonna :

— Attache-les au tuyau.

Katya était étonnamment forte et brutale. Elle plaqua sans ménagement Zeus et McClane au sol puis les poussa de chaque côté du tuyau, leur bloqua les mains derrière le dos avec des menottes qu'elle relia au tuyau.

— Pas si serré, dit McClane.

Katya les serra deux fois plus fort.

— Merci, chérie.

Il se tourna vers Jack.

— Je me disais bien que ce n'était pas une histoire de vengeance.

— Vous savez, il y a une différence entre ne pas aimer un frère... et se moquer qu'un pied-plat d'Irlandais le tue.

— Mais moi, intervint Zeus, je ne l'ai jamais vu de ma vie.

— Ce n'était pas votre jour, lâcha Jack, philosophe. Je vous souhaite une belle et courte vie. Une dernière volonté ?

McClane se souvint de ce que lui avait dit le type du FBI à propos des migraines de Jack.

— Tu n'aurais pas d'aspirine ? Ma tête me tue.

Jack sourit :

— Bien sûr.

Il s'agenouilla devant McClane, sortit un flacon de sa veste et le fourra dans la poche de sa chemise.

— Gardez tout.

Jack était très content de lui. Tout était en place. Il n'aurait pu espérer d'issue plus parfaite. Il s'offrit même le luxe de penser à une petite fête alors qu'avec Katya ils approchaient de l'échelle qui allait leur permettre de gagner la chaloupe.

Le pied de Katya se trouvait déjà sur le premier barreau quand une trappe s'ouvrit à quelques mètres d'eux et Targo se hissa sur le pont.

— Jack ! appela-t-il.

Celui-ci ne s'attendait pas à le revoir. C'était là une péripétie malheureuse, une faille dans la surface plane de son plaisir. D'autant que l'arme de son associé semblait particulièrement inquiétante.

— Où est l'or ? demanda-t-il.

Jack ne répondit pas.

— Il nous a trahis, dit Targo à Katya. Les conteneurs sont remplis de ça.

Il jeta le bout de fer que Berndt avait trouvé.

Katya se doutait que ce moment-là allait arriver. Son regard passa du bout de fer à Jack et dirigea sur celui-ci son Walter automatique à crosse de nacre. A quoi il ne répondit que par un long regard appuyé. Elle pressa la détente, visa et tira. Mais ce fut Targo et non Jack qui prit les trois balles en pleine poitrine.

— On y va ? demanda Jack.

Toujours galant, il offrit son bras à la jeune femme pour l'escorter vers la chaloupe.

La scène était tellement familière que McClane commençait à s'ennuyer. Zeus, lui-même et une bombe enclenchée qui allait bientôt sauter. Le chronomètre venait de passer 9'27.

— En me levant ce matin, je me sentais très bien, énonça Zeus amèrement. Et voilà que maintenant je vais mourir avec toi et cent quarante-six milliards en or. Quelle journée pourrie !

McClane avait une nouvelle à lui annoncer :

— C'est pire que ça. Tu ne mourras qu'avec moi. L'or ne se trouve pas sur le bateau.

— Comment tu le sais, d'abord ?

— Parce que je connais ce type. Tout au moins sa famille. Qu'est-ce qui vaut mieux que faire sauter cent quarante-six milliards de dollars ? S'arranger pour que tout le monde en soit persuadé.

Zeus ne parvenait pas à croire ce qu'il venait d'entendre. Il était à neuf minutes de passer dans l'au-delà et McClane lui racontait les avanies de la famille Gruber.

— Où est-ce qu'il est, alors ?

Il posait cette question davantage pour s'occuper l'esprit que pour recevoir une réponse dont il n'avait rien à faire.

— Il a dû l'échanger sur le quai.

— C'est pour me mettre à l'aise que tu dis ça ?

— Non. Parce que tu te trompes sur un autre point : on ne va pas mourir.

Ben voyons ! Il ne savait pas que le petit nom de McClane était Houdini.

— Tu connais un truc de flic pour nous débarrasser de ces menottes ?

— Ouais : utilise la clé. Tu sais crocheter une serrure ?

— Dis donc, tu crois que tous les Noirs du monde…

— Ferme-la trois secondes !

S'il y avait une chose que McClane n'avait pas envie d'entendre, c'étaient les jérémiades de Zeus sur le racisme des Blancs.

— Tu sais, oui ou non ?

— Oui, mais à quoi bon ?

McClane regarda son épaule à vif. Une écharde d'acier était fichée profondément dans la chair.

— Attends.

Tordant le cou, soulevant l'épaule, il saisit l'écharde entre les dents et tira en grognant de douleur.

Alors il la recracha vers Zeus.

— Tiens, essaie avec ça.

Cela prit un peu de temps parce que les mains moites de Zeus glissaient sur le métal. Peu à peu il perdit tout espoir.

— Pour un flic, tu n'étais pas trop mauvais, lança-t-il en guise d'adieu.

— Arrête de penser que tu vas mourir. D'ailleurs, je t'ai menti.

Zeus se pencha vers McClane.

— A quel sujet ?

Celui-ci avait décidé d'alléger sa conscience :

— La bombe que Weiss a trouvée dans le jardin d'enfants de Harlem. Elle était en fait à Chinatown.

Zeus lui jeta un regard dégoûté.

— Quelle bassesse ! Même pour un sale menteur de Blanc comme toi.

— Je sais, je suis un salaud, dit gaiement McClane. Mais sinon, tu ne serais pas venu.

Le chronomètre indiquait deux minutes.

— Tu es marié, McClane ?

— Ouais.

— Des enfants ?

— Ouais.

— J'ai du mal à imaginer que quelqu'un ait pu te supporter assez longtemps pour faire des enfants avec toi.

— Si peu ! Nous sommes séparés.

McClane songeait à ce que Holly dirait s'il ne parvenait pas à s'échapper de ce bateau. Elle l'aimait toujours. Il en aurait parié sa plus belle plaque de flic.

— Elle n'a plus qu'à m'envoyer les papiers du divorce.

Zeus sentit l'écharde heurter un cylindre.

— On dirait que ça ne te fait pas très plaisir, observa-t-il.

— Pas très, non.

— Alors dis-le-lui.

Il aurait aimé pouvoir le faire. Mais ce n'était pas si simple.

— On ne se parle plus.

— Tiens, et pourquoi donc ?

— Parce qu'on s'est disputés l'autre soir au téléphone. J'ai voulu la rappeler le lendemain mais j'étais encore furieux. Je me suis dit qu'elle n'avait qu'à le faire. Et puis une semaine est passée. Et une autre. Maintenant ça fait presque un an.

Les mots lui avaient échappé sans qu'il puisse les retenir. Il n'avait dit à personne d'autre à quel point la situation s'était gâtée entre Holly et lui. Zeus était sans doute la dernière personne au monde à qui il aurait pensé se confier. Pourtant, il était content de l'avoir fait. Jusqu'à ce qu'il s'aperçoive que celui-ci riait aux éclats.

— Tu veux dire que tu vas jeter ta famille et tes gosses à la poubelle, foutre en l'air toute ta vie parce que vous étiez tous les deux trop furieux pour décrocher le téléphone ? Ça alors, c'est la chose la plus imbécile que j'aie entendue de toute ma vie. Les Blancs, je vous jure !

Il entendit un bruit... clic !

— Ça y est ! s'exclama-t-il.

La menotte droite de McClane s'ouvrit d'un coup. Il se leva, dégagea son poignet gauche.

— Mince ! dit Zeus.

— Quoi ?

— Le truc, il s'est cassé. Tu en as un autre ?

— Non.

McClane jeta un coup d'œil au chronomètre : 1'28.

— Fiche le camp, dit Zeus.

— Il faut qu'on trouve quelque chose.

— Va-t'en !

— Pas sans toi. Et je n'ai pas l'intention de mourir. Alors réfléchis.

Le chronomètre arrivait à 1'09.

Zeus avait bien deviné depuis le début que McClane était fou. Mais d'une folie sympathique, surtout pour un Blanc... et un flic.

— Il y a peut-être des outils dans la salle des machines, suggéra-t-il désespérément.

— Pas le temps.

00'59. Le liquide rouge commençait à se mélanger avec le transparent.

— Merde ! dit McClane.

Il partit inspecter les alentours et trouva la solution : un compas de navigation sur une table de cartes.

Il l'attrapa et revint au trot à la bombe, pratiqua un trou dans le réservoir rouge de façon que le liquide s'en échappe.

00'50.

Zeus avait la bouche tellement sèche qu'elle lui semblait bourrée de coton.

— Qu'est-ce que tu fiches ? demanda-t-il d'une voix si haut perchée qu'il ne la reconnut pas.

— Je te tire d'affaire.

McClane perça un trou dans le deuxième réservoir. Quelques gouttes du liquide transparent s'écoulèrent. Très doucement, il déposa un peu de liquide rouge sur la pointe du compas puis un peu de liquide transparent sur la mine.

Zeus se souvint de la démonstration de Weiss au poste de police.

— Arrête ! dit-il.

— Ferme les yeux.

Il se détourna quand il referma le compas sur la chaîne des menottes de Zeus. Boum ! L'explosion fut stridente et accompagnée d'un nuage de fumée. Mais il était libre. Et parfaitement vivant. McClane l'aida à se mettre debout.

00'40.

— Viens, on fout le camp.

Tous deux se soutenant mutuellement, ils passèrent la porte et grimpèrent l'escalier. Zeus faillit rater la dernière marche mais McClane le rattrapa et le hissa sur le pont. Ensemble, ils filèrent aussi vite qu'ils purent vers l'arrière du navire puis escaladèrent le bastingage et plongèrent.

Ils n'avaient pas encore atteint l'eau quand le bateau explosa. Le choc les projeta loin dans le delta de Long Island et ils heurtèrent l'eau avec une telle violence qu'ils en furent tous les deux assommés. Ils coulèrent, inconscients, loin sous la surface, au milieu de la pluie des débris du bateau.

Parmi cet amas d'innombrables décombres, ils flottaient entre deux eaux. McClane fut le premier à reprendre vie, agitant les bras et les jambes, se débattant instinctivement pour respirer, étourdi et désorienté. En levant les yeux, il vit des rayons de soleil qui pénétraient les profondeurs aqueuses.

Il nagea jusqu'à Zeus et lui frappa le dos. L'univers sous-marin était tellement tranquille et apaisant, leur propre monde semblait tellement lointain quand ils commencèrent à nager vers la lumière... Luttant contre la tentation de s'abandonner à ce berceau étouffant, ils s'élevaient de plus en plus.

Ils atteignirent la surface, toussant et crachant de l'eau ; ils ne voyaient rien à des milles à la ronde, si ce n'était l'eau, la fumée et les restes du naufrage. Tout ce qui restait du bateau de Jack.

11

Une neige douce et compacte tombait sur la pittoresque ville médiévale de Bistrita, en Hongrie. Les gens se pressaient parmi ses rues pavées, s'arrêtant parfois pour bavarder entre amis ou pour faire des courses dans les agréables petites boutiques qui se serraient autour du grand parc.

Mais, pour les rares voitures qui se frayaient un chemin dans ses rues étroites et venteuses, Bistrita pouvait sembler un reliquat de quelque siècle passé car elle avait échappé à l'agitation des villes cosmopolites modernes. Intacte, paisible, elle représentait un véritable sanctuaire pour ceux qui préféraient une existence paisible, une retraite loin de l'agitation du monde qui commençait à l'extérieur de ses hautes murailles.

Au centre du parc se dressait un château baroque dont les tours étaient visibles à des kilomètres à la ronde. En face s'ouvrait une taverne sans prétention, le rendez-vous préféré des habitants qui venaient y passer des heures tranquilles à lire le journal ou à jouer aux échecs.

Par cet après-midi de décembre, elle était presque déserte, si ce n'était une table à laquelle un groupe d'hommes traînaient devant leur bière tout en terminant bruyamment une partie de baccara. Une autre table était également occupée. Un homme s'y tenait seul, le visage caché derrière un journal.

— *Itt a Conyakja uram,* dit la serveuse en hongrois.

Elle lui apportait son cognac. Il n'avait pas spécifié quelle marque il désirait. Il venait souvent boire à cet endroit pour faire plus vite passer ses mornes après-midi.

Jack Gruber abaissa son journal et sourit.

— *Nagyan kedves, Koszonam,* dit-il.

Elle rougit, heureuse du compliment. Rares étaient les clients qui lui donnaient de si bons pourboires ou prenaient la peine de lui dire qu'elle était gentille d'apporter ce qu'ils avaient commandé. Elle déposa un verre sur la table, avec une bouteille de cognac, de la réserve privée du client, et retourna vers le bar.

La cloche de la porte sonna et un autre client entra.

Jack écrasa sa cigarette et se servit. Quand il releva la tête, John McClane se tenait debout devant lui.

Celui-ci prit la bouteille pour en examiner l'étiquette.

— Louis XIII, commenta-t-il. Cent dollars le verre.

Jack jeta un coup d'œil circulaire sur la taverne. McClane était-il seul ? A moitié rassuré seulement de n'avoir repéré aucun visage inconnu, il lança :

— Puis-je vous en offrir un ?

McClane prit place en face de lui.

— Je ne bois plus.

Jack le dévisagea comme s'il voyait un fantôme.

— Vous me semblez remarquablement... vivant, John.

Celui-ci ne répondit pas. S'il était vivant, ce n'était certainement pas grâce à Jack.

— En forme, même, ajouta ce dernier d'une

voix un peu trop sèche. Comment va Cobb ? Et vos amis de la police ?

McClane remarqua que Jack se massait les tempes. Sans doute l'enthousiasme de leurs retrouvailles qui lui donnait la migraine.

— Ils m'ont viré. Cobb essaie de me récupérer une retraite.

— Je suis navré d'entendre ça.

McClane n'en croyait rien.

— Le FBI m'a même soupçonné de faire partie du complot. Ils m'ont passé au détecteur de mensonge.

Les lèvres de Jack s'étirèrent sur un mince sourire.

— Ah ! que c'est drôle !

— Je ne ris pas, moi.

— Il faut savoir apprécier les petites ironies de la vie, John.

Jack appuya sa paume sur sa tempe.

— Et Zeus ?

— Très bien. Ses neveux sont au tableau d'honneur.

Jack vérifia de nouveau autour de lui.

— Vous aviez des enfants également, John, n'est-ce pas ?

— Oui. Je vais les voir la semaine prochaine, pour Noël.

— Et qu'est-ce qui vous amène ici ?

McClane s'efforçait de ne plus regarder la bouteille de cognac. Voilà six mois qu'il ne buvait plus mais, certains jours, l'envie l'en démangeait.

— Je dois reconnaître, reprit-il, que tu nous as tous battus. Moi, les flics, les Fédéraux, tes amis terroristes. Tu as même trouvé le moyen de partir avec la fille. A moins que tu ne l'aies doublée elle aussi ?

— Disons que sa conversation était limitée.

Cette fois le sourire de Jack paraissait moins forcé.

— Tu as bien failli t'en tirer.

— Mais je m'en suis tiré, John. Oh ! je suppose que votre marine mettra une dizaine d'années à remonter l'or, mais...

McClane secoua la tête.

— Ils ne trouveront rien du tout.

Un long silence s'ensuivit. McClane comprit que son voisin se demandait à quel point il en savait trop. Il sortit une petite statue de l'Empire State Building, le genre de babiole qu'offrait toute boutique new-yorkaise de souvenirs, et il la coucha au bord de la table montrant son fond qui brillait de tout l'éclat de son or.

— L'or n'était pas sur ce bateau. Où l'as-tu emporté ? Vers le nord ?

McClane avait eu tout le temps de réfléchir à la question. Il suggéra sa supposition la plus vraisemblable.

— Au Canada ?

— Félicitations, dit Jack avec brusquerie. En Nouvelle-Ecosse.

— Puis tu l'as fondu en bibelots et expédié.

Jack sortit son téléphone cellulaire et composa un numéro.

McClane sourit. Jack avait toujours adoré jouer avec les téléphones.

— Ne te donne pas cette peine. Deux d'entre eux sont morts et les deux autres sont menottés dans l'entrepôt en bas de la rue.

Le téléphone retourna dans la poche. McClane s'attendait à peu près exactement à ce qui s'ensuivit.

— Hé là !

Effectivement, Jack cherchait son pistolet dans sa veste. McClane posa le sien sur la table.

— Jette-moi ça.

Le barman, la serveuse et les clients, tous s'immobilisèrent sur place lorsque l'arme de Jack tomba par terre. Le barman en lâcha même le verre qu'il était en train d'essuyer et qui alla s'écraser sur le bar.

— Dis-leur de sortir, ordonna McClane.

— *Vesszeteki el.*

Il voulait que tous s'en aillent ? Mais eux ne demandaient que ça. Le barman fit signe aux clients qui se précipitaient déjà vers la porte.

La taverne s'était vidée d'un coup. La neige ne tombait plus et un rayon de soleil s'infiltrait par la fenêtre. Jack changea de position et se frotta de nouveau les tempes.

— Depuis combien de temps êtes-vous là ? demanda-t-il.

Il ne paraissait pourtant pas prêt à faire la conversation.

— Une semaine.

Jack frémit et McClane reprit :

— Tu as mal à la tête ?

Il sortit un flacon d'aspirine qu'il lui tendit.

— C'est un laboratoire pharmaceutique allemand. J'ai repéré le lot. Celui-ci provenait d'une expédition de la pharmacie du coin.

Il sourit. Voilà des mois qu'il attendait cet instant.

— Je suis flic, abruti. Allez. Il faut apprécier les petites ironies de la vie.

Le visage de Jack se tordait de douleur. Il ne cessait plus de se frotter les tempes et déglutissait comme s'il allait être malade.

— Qu'allez-vous faire ? demanda-t-il en s'humectant les lèvres.

— Nous, corrigea McClane.

— Qu'allons-nous faire ?

— Jouer à un jeu. A *Jacques a dit*.

Il sortit de sa veste un tube de métal vert, de soixante-dix centimètres de long et de cinq centimètres de diamètre et le posa sur la table. Un bout était pointé sur McClane, l'autre sur Jack.

— Tu connais ça, ces petits lance-roquettes chinois. Les Afghans les adoraient. Jacques a dit pose ta main sur la détente.

Jack posa la main sur la détente.

— Vous avez enlevé toutes les flèches et toutes les marques, comment voulez-vous que je sache quel bout va tirer ?

— Tu ne peux pas.

Il dirigea l'arme sur la tête de Jack.

— Maintenant, tu vas répondre à toutes mes questions. Tu as trente secondes.

Jack contemplait le mortier. Son sourcil gauche sauta, trahissant sa tension.

Les neveux de Zeus avaient récité à McClane leurs comptines préférées. Il regrettait maintenant que Zeus ne soit pas là pour profiter de la scène.

— Jacques a dit, si un avion s'écrase à la frontière entre le Texas et l'Oklahoma, où les survivants seront-ils enterrés ?

— Il est interdit d'enterrer des vivants, répondit Jack.

— Gagné. Tourne le mortier.

Jack inversa la direction de l'arme et dévisagea McClane en tâchant de trouver la réponse dans ses yeux, mais son interlocuteur restait impavide.

— Jacques a dit, jusqu'où un chien peut-il courir dans les bois ?

— Jusqu'à rencontrer une biche, dit Jack. Ensuite, il est aux abois.

Il faisait froid dans cette taverne, pourtant le front de Jack dégoulinait de transpiration. Il retourna le mortier, s'arrêta en route, hésita, acheva son geste.

— Jacques a dit, un cow-boy met dix-huit heures pour se rendre en ville à cheval et dix-huit autres pour en revenir. Tout ça par le même Dimanche. Comment fait-il ?

Jack se tut.

— Comment ? insista McClane.

Il avait dérouté la vedette. La main de Jack tremblait tandis qu'il jouait avec la détente du mortier.

— Comment, connard ? cria McClane.

La réponse vint enfin.

— Dimanche est le nom du cheval.

Il retourna le mortier et regarda le visage de McClane qui ne cillait pas. Pourtant, il ne pouvait détacher ses yeux de lui, certain que la réponse de la direction du mortier se trouvait là.

McClane jeta un regard nerveux vers l'arme.

Jack sourit. Le policier avait fini par se trahir, comme il en était certain. Il retourna le mortier et appuya sur la détente.

Erreur.

Le tube explosa au visage de Jack dans un éclair de poudre qui l'arracha à son siège et l'envoya s'écraser contre le mur d'en face. Des morceaux de chair et d'organes pulvérisés s'éparpillèrent à travers tout le bar. Une main tranchée avait atterri sur une table. Une flaque de sang s'étala sous son corps.

McClane se leva lentement et ôta son manteau. Dessous, il portait un lourd gilet pare-balles qu'il enleva et lança sur la table. Il jeta un dernier regard sur ce qui restait de Jack Gruber.

Il avait un ultime conseil à lui donner :

— Ne bois jamais de fine Napoléon sans t'assurer contre les ulcères.

4031

Composition Interligne B-Liège
Achevé d'imprimer en Europe (France)
par Brodard et Taupin à La Flèche (Sarthe)
le 27 novembre 1995. 6965M-5
Dépôt légal nov. 1995. ISBN 2-277-24031-1
1er dépôt légal dans la collection : juillet 1995
Éditions J'ai lu
27, rue Cassette, 75006 Paris
Diffusion France et étranger : Flammarion